「私が初めてですか？」
「そっ……李安が初めてっ……」
聞かれるままに言葉を口にすればするほど、触れられている場所の滑り気は増し、恥ずかしいほどの水音が耀姫の耳にも届くまでになった。
「光栄です」

Illustration／すがはらりゅう

天佑の綺羅姫

芹名りせ

Illustration
すがはらりゅう

ジュリエット文庫

天佑の綺羅姫

目次

天佑の綺羅婚
登場人物紹介

李安…本来は文官であるが、後宮に耀姫の教育係として派遣された。なにやら秘密が？
耀姫…慧央国の公主。忠篤王の四妃の一人。吉兆の日生まれで、幸運を呼ぶ綺羅姫と呼ばれている。
壮忠篤…漣連国国王。飄々としていてつかみどころがない。
莉香…耀姫付きの宮女。
明寧…李安に替わり耀姫の教育係となる女官。
宝妃・瑞妃・彩妃…忠篤王の四妃達。
杏珠…国土に雨をもたらす『神泉の巫女姫』に選ばれた少女。
瑠威…杏珠の恋人の美青年。

イラスト／すがはらりゅう

天佑の綺羅婚

【天佑《てんゆう》】　天のたすけ。天帝の加護すること。
　神明の加護。不思議なたすけ。天助。神助。

――『慧央国《けいおうこく》　国字節用集』より――

第一章

「よいですか？　綺羅姫《きらひめ》様。もう一度復習しておきますよ。陛下が『始め』の声を発せられましたら、まずは花毬《はなまり》をお持ちになって……」

「う、うむ」

老人に差し出された色鮮やかな円形の花束を、少女は神妙な面持ちで受け取った。小柄な老人の顔を覗《のぞ》き込《こ》むようにして、穴が開くほどにじっと見つめる。麗《うるわ》しい顔の中央で真剣な輝きを放つ翡翠《ひすい》色の瞳は、まるで夜空に煌《きら》めく星のようだった。

「少し勢いをつけて、これ、こうして……ポーンと」

「こ、こうか？」

花毬を胸の位置に掲げ、教えられるままに投げる動作を真似《まね》ようとすると、すかさず待ったがかかる。

「そうではなく！　もっと大きく、背後に向かって、ポーン！」

「わ、わかった」

老人に言われたように、思い切って両手を振り上げてみる。するとあまりに勢いがつき過ぎて、放す予定などなかった手から、実際に花毬が飛んでしまった。

「……あ」

「うぎゃああ！　なんということをっ！」

本来ならば持ち出し禁止の祭器を、まさか大切な祭事《さいじ》の前に紛失するわけにはいかないと、老人は花毬が飛んだ先へ転がるように駆けていく。少女も溜《た》め息《いき》をつきつつ追いかけた。

（だから嫌なのじゃ……妾《わらわ》は何をやっても、ちっともうまくいかぬ……）

本番で失敗しないためにと、念には念を入れて行《おこな》った練習でさえも、こうして失敗に終わる。あまりにそういった経験が多く、彼女は常々、自分はいったいどんな不幸な星の下に生まれたのだろうかと悩んでいた。

しかし実際には、数百年に一度という吉日に生まれたため、幸運を呼ぶ乙女として広く国内外にも知られた、やんごとなき血筋の姫君である。

慧央国《けいおうこく》公主――奉耀姫《ほうようき》。月に住まう天女もかくやというほどの美女であり、最高の幸運の持ち主であるはずの彼女は、羨望と親愛の意を込めて、「綺羅姫《きらひめ》」の愛称で呼ばれることが多い。

「まったく……綺羅姫様はっ！」

プリプリと怒りながらも必死に花毬を探してくれているのは、耀姫の教育係でもある老師――惺斎《せいさい》。幼い頃から付き従ってくれているため、小言にも遠慮がない。

「どうしてこう、予想外のことばかり！」

「すまぬ……」

どれほど惺斎に面倒をかけているのかは、耀姫自身がもっとも知るところだったので、謝辞の声も自《おの》ずと小さくなる。仕立ての良い絹の襦裙《じゆくん》の中で、しゅんと首を竦《すく》めた。

「何かを手にされれば、決まってそれが壊れるし、乗られた軒車《くるま》は車輪が溝にはまる……ご一緒に食事された方々は、腹痛で寝込んでしまわれる」

「うむ……」

「なのにご本人は、怪我《けが》一つなく、健やかに伸びやかに、こうして立派にご成長なさって……」

「だから……すまぬ」

「責めているのではございません！　お慶《よろこ》び申し上げているのです」

「…………は？」

大き過ぎるほどの深緑の双眸《そうぼう》を、耀姫はパチパチと瞬《またた》かせた。

苦虫を嚙《か》み潰《つぶ》したような顔でこちらを見上げている惺斎が、祝福の言葉を述べているとはおよそ思えない。言っている内容は、いつもの小言となんら変わらない。しかし白い眉の下に半ば隠れた目に、うっすらと涙が浮かんでいることを見て取り、耀姫は喉まで出かかっていた抗議の声を呑み込んだ。

「こんなにお美しく、見た目だけは女らしくなられて……爺《じい》は、爺は……っ！」

感極まって、袍《ほう》の袖で顔を覆ってしまった惺斎《せいさい》の背を、複雑な思いで撫《な》でる。

「惺斎……」

見た目だけという暴言混じりではあったが、惺斎が耀姫《ようき》の成長を喜び、我が娘であるかのように感涙にむせんでくれていることは確かだ。

それというのも、これから行われる祭事は耀姫の結婚相手を決めるためのものであり、こうして世話を焼くのも後しばらくのことだと、惺斎にもわかっているからだろう。

「妾《わらわ》はな……」

十八歳になったからと早々に結婚させられるのにも、慧央国《けいおうこく》が易《えき》を重視する国であるが故に祭事で結婚相手を決められるのにも、実を言えば耀姫は納得していない。できることならまだ独身のままで、惺斎に叱られながらも楽しい日々を過ごしていたかった。

しかし一国の姫として生まれた以上、いつかは必ず、他国に輿入《こしい》れしなければならないということは、耀姫《ようき》にもわかっている。慧央国は大陸きっての大国ではあったが、王族の婚姻によって近隣国との関係をより友好にすることは、やはり重要だ。

六人の姉が嫁ぎ、いよいよ次は自分の番だと覚悟はしていたものの、いざその時がくると、どうしても心は曇る。

（どこに嫁いだとしても、とうてい上手くいく気がせぬ……せめて想い合った相手であるなら、妾の疫病神《やくびょうがみ》っぷりも、可愛い君のことだからと大目に見てもらえるかもしれぬが……残念ながら妾にそんな相手はおらぬ……だからと言って、花毬を投げて当たった相手と結婚などと……そんな適当な……！）

これは古くから伝わる由緒正しき儀式なのですと、惺斎にいくら説明されても、結婚相手を決める祭事の内容が耀姫にはとうてい納得できない。怒り混じりにふるふると肩を震わせていると、その儀式で使用する花毬が、ぬうっと目の前に差し出された。

「あの……こちらから、これが飛んできたのですが……？」

惺斎の背を撫でていた耀姫は、老人が均衡を失って尻餅をついてしまいそうな勢いでその手を放した。

「あああっ！」

これから重要な役割を果たす予定の祭器が、無事に手元に戻ってきたことにホッとしながら、ひったくるように何者かの手から受け取る。

「おお、良かった！　拾ってくれたのかえ？　どなたか知らぬが、ありがたい。礼をするので、後でこの惺斎になんなりと……」

望みの物を言えばいいと、言いかけた言葉を呑み込んで、耀姫は硬直した。

否、正確には、声の主をふり返りその顔を見上げてから、もうまったく体が動かなくなった。

「あの……私の顔に何かついておりますでしょうか？」

節の目立つ長い指で撫でる頬は、夜空に輝く月のように優美な弧を描く。細く尖《とが》った顎と切れ長の涼やかな目元は、新雪のごとき白肌をいっそう際立たせる。色素の薄い髪も淡い虹彩《こうさい》の瞳も、どこか人間離れした美しい色をしていて、目を引かれずにはいられなかった。

耀姫《ようき》はずいぶん長い時間、その人物から視線を逸《そ》らすことができなかった。

「い、いや！　なんでもない」

言葉では否定しながらも、体は抗《あらが》えず、目の前に立つ人物を、頭の先から沓《くつ》の先まで、繁々《しげしげ》と何度も見直してしまう。

（女……？　それとも……男？）

判断に迷うのも無理はない。その人物は、耀姫がこれまで出会ったどんな人間よりも美しい容姿をしている。天界からの使者か、人心を惑わす妖《あやかし》と言われた方が、いっそ納得がいくほどの美貌だ。

「それでは、私はこれで……」

放心したかのようにいつまでも、ただ対峙《たいじ》する相手を見つめ続けている耀姫に、その人物は軽く会釈しながら背を向けようとする。

「あ、いや。待たれよ」

耀姫は自分でも気が付かない間に、その人物の袍《ほう》の袖を摑《つか》んでいた。まるで縋《すが》るかのように――。

「なんでしょう？」

笑みの気配すら感じさせない完璧なまでの無表情で、軽く首を傾《かし》げながら問い返され、返答に困る。

「いや。何ということはないのだが……」

「ではこれで」

まるで引《ひ》き剥《は》がそうとするかのように、握りしめている袍の袖を強く引かれるので、耀姫の方も意地になって引っ張り返してしまう。

「なんですか？」

少し苛立《いらだ》ち混じりに、放せと要求してくる表情でさえ、冴《さ》え冴《ざ》えとしていて美しい。美人は怒った顔がより美しいと、惺斎《せいさい》は以前からよく言っていたものだが、それはどうやら真実のようだと耀姫は納得した。

「姫様？　そろそろお時間の方が……」

耀姫の奇妙な行動を諫《いさ》めるように、惺斎が背後から呼びかけてくる。

「あっ……そうか、そうじゃの……」

気を取られて、耀姫の手がつい緩む。その瞬間を逃《のが》さず、するりと片袖を取り戻した眼前の人物は、二人のやり取りになんの興味を示すこともなく、即座に背を向けた。

「あ、待たれや！　そなた、名はなんと……」

もっともな問いかけを耀姫《ようき》が遅ればせながら口にした時には、すでに後ろ姿が建物の陰《かげ》に消えた後だった。

「あ……」

差し伸べた手さえバツが悪く、呆然《ぼうぜん》と瞳を瞬《また》く耀姫の顔を、惺斎《せいさい》がニヤニヤと覗き込む。

「残念でございましたな、綺羅姫様。いかにも姫様の好かれそうな美しい若者でしたのに……まさかこれは運命の出会いか？　と思わせておいて、相手には一顧だにされない……しかもその後、姫様の好みなどまったく度外視の花婿選定が控えていることを考えると、その不運ぶりがもう……あまりに姫様らしくて……ククク」

先ほどまでの涙はどこへやら、さも楽しそうに笑う惺斎から、耀姫は細く尖った顎をぷいっと逸らす。

「何を言うておるのじゃ惺斎！　妾《わらわ》は別にす、好きなどと！　…………と言うか、あの者はやはり男なのか？」

問いかけられたのがいかにも意外だとばかりに、惺斎は落《お》ち窪《くぼ》んだ目を瞬かせた。

「はい。それはもちろん、そうでございましょう。私といたしましても、いささか判断に困るところではありますが、なにしろ着ているものが袍《ほう》でしたので……」

「……あ！」

目には映っていたはずなのに、相手の身に着けていた物さえも、頭には入っていない。そんな自分に耀姫は愕然《がくぜん》とする。

惺斎は嬉しそうに目を細めながら、耀姫の顔を見つめた。

「まったく綺羅姫様は……」

言外に含まれているのは、これだから放っておけないのだという愛情に溢《あふ》れた思い。未《いま》だに呆然としている耀姫を急《せ》かすように、先に立って歩き始める。

「参りますよ。間もなくお時間です」

「……そうじゃな」

長身の姫君と小柄な老人という特徴のありすぎる二つの後ろ姿は、これから祭事が行われる外朝《がいちょう》の正殿《せいでん》へと向かい、小石の敷き詰められた庭院《なかにわ》を出た。


易《えき》を重んじる慧央国《けいおうこく》において、吉とされる南天の五つ星が、揃《そろ》って夜空に輝く夜に生を受けた公主——奉耀姫《ほうようき》には、生まれてすぐに幾人もの求婚者が殺到した。

その中から精選された選《よ》りすぐりの五人が、花婿選定の会場となった正殿《せいでん》前の広場には、早くもズラリと整列している。

運命の時を一目見ようと、宮城《きゅうじょう》の外に押し掛けた群衆は一万を下らなかったが、実際に会場内に入れたのはごく一部の朝廷人ばかり。それでも広場を埋め尽くすほどの人山《ひとやま》であり、慧央国《けいおうこく》が誇る正殿の見事な意匠も、今はまるで埋もれてしまっていた。

それほどの数の人間から好奇の視線を向けられている候補者たちは、どれほどの緊張を感じていることか。しかしそれは、花毬《はなまり》を手にして国王が座する宝座《ほうざ》に向き合っている耀姫《ようき》も同様。いやむしろ、目に見えてカタカタと震えている彼女の方が、緊張の度合いはよほど大きかった。

普段はどちらかと言えば鷹揚《おうよう》で、耀姫が何をしてもにこにこと笑っているような国王でさえ、ガチガチに凝り固まってしまっている娘の姿に声を曇らせる。

「姫？　綺羅姫？　本当に大丈夫か？」

「だ、だ、大丈夫でっす！」

上擦る返答を耳にして、ぷぷっと噴き出したのは王の隣に坐《ざ》していた王后《おうこう》だ。

「そんなに緊張せずとも、どの姫も卒なくやり遂げた簡単な儀式ではありませんか。幸運を呼ぶ綺羅姫の名に恥じぬよう、この慧央国に必ずや利益をもたらす相手を、あなたの自慢の強運とやらで当てればよいだけの事……ほほほっ」

父とは一回り以上も年の離れた王后を、耀姫は凛《りん》とした眼差《まなざ》しで見据えた。

「あら恐い……陛下……綺羅姫が妾《わらわ》を恫喝《どうかつ》しますぅ」

猫なで声の訴えに、耀姫は目を剥《む》いた。

（ど、恫喝？　なんのことじゃ！　妾はただ単に、いつものように嫌味《いやみ》を言われたから、戦闘態勢に入ったまでのこと……！）

王后は常に、王の子供たちの中でなぜか耀姫ばかりを目の敵《かたき》にする。耀姫としては、そこまで辛く当たられる理由の見当もつかなかったが、傍《はた》から見れば一目瞭然だった。

儀式の主役として見事に盛装している耀姫よりも、着ている衣や付けている装飾品だけ見るならば、王后の方が遥かに華美で豪奢《ごうしゃ》な装いをしている。にも拘《かかわ》らず、広場に集まった数千人の視線を引き付けて離さないのは、やはり耀姫の姿。

濡《ぬ》れ羽《ば》色《いろ》の黒髪も、艶《つや》やかな白肌も、鮮朱の唇も、「黙っていればまるで天女のようなのに！」と惺斎《せいさい》を常々嘆かせるほどに麗しい。女性としては長身だが、姿勢の良さと手足の長さが相まって、すらりとした立ち姿が実に美しく、どのような衣でも見事に着こなす。細くて長い首は、それを真似て、長く見せる術《すべ》が後宮の宮女《きゅうじょ》たちの間で大流行するほどに、皆の憧れの的だった。

美しさだけを武器に至高の座まで登りつめた王后が、耀姫を己の敵と見なしていることは明らか。この度、耀姫が他国に嫁ぐこととなり、誰よりも胸がすくような思いをしているのは、間違いなく王后だろう。

「もう行かれたほうがいいのじゃありませんん、綺羅姫？　せいぜい頑張りあそばして。さようなら……ほほほっ」

真っ赤な朱を引いた唇が、ニタリと左右に大きく開く様を目の当たりにし、耀姫の背筋はゾッと冷えた。慌てて宝座《ほうざ》に背を向ける。

（あ、妖《あやかし》っ？　……後宮とはやはり魔物が棲む場所じゃ。ほんに恐ろしい……！）

父の妃《きさき》たちの姿を目にするにつけ、恐怖ばかりが募《つの》る耀姫《ようき》だったが、彼女もまた、これから他国のそのような場所で暮らすことが既に決まっている。

五人の花婿候補者たちは、公平を期するためその素性を明かされてはいないが、いずれも他国の王族であることは、姉たちの儀式の例からも明らか。

ましてや今回は、幸運を呼ぶ綺羅姫として近隣諸国にも名を轟《とどろ》かせている耀姫の花婿選び。これまで以上に、我こそはという気概に溢れた列国の王が、この場に集《つど》っていることは間違いない。

（嫌じゃな……）

両手に握った花毬に視線を落としながら、耀姫は広場の中央へ向かい、しずしずと歩を進めた。皆が息を呑《の》んで見守る中、儀式用の木製の沓《くつ》が広場の石畳を叩き、カランコロンと軽やかな音を響かせる。

（せめて、妾《わらわ》が心から慕うことができる相手と、巡り会わせてくれまいか……）

一瞬何者かの面影が、頭の片隅を掠《かす》める。

（えっ？）

それが誰なのかを探ろうとするあまり、期せずして顔を上げてしまい、耀姫はその拍子に白大理石の石階《せっかい》を一段派手に踏み外した。

「ぎゃああっ！」

後ろに倒れそうになった体は、背後に控えていた女官《にょかん》たちが咄嗟《とっさ》に支えてくれたが、手から離れた花毬ばかりは、誰にも止めようがない。思わぬ勢いがついて、あらぬ方へと飛んでいく。

「あっ！」

花婿候補者たちが横一列に並んだ場所を越え、遥か後方にまで飛んだ花毬は、見物の朝廷人たちの先頭で、あまり儀式にも興味なさそうに立っていた人物の足元へと、コロコロと転がっていった。

「あああっ！」

いかにも億劫《おっくう》そうに、花毬を拾い上げた者を目にして、耀姫は大声で叫ばずにはいられなかった。

先ほど、惺斎《せいさい》と共に花毬を投げる練習をしていた庭院《なかにわ》で、出会った見目麗しい若者。――彼が溜《た》め息《いき》をつきながら、甚《はなは》だ迷惑そうに、花毬を自分の顔の横に掲げる。

「これは、どちらに返せばいいのでしょうか？　あちらの姫君ですか？　それとも春官長《しゅんかんちょう》殿？」

これから儀式を取り仕切る予定で、花婿候補たちの前に立っていた春官長は、あまりの出来事に青くなって、若者と耀姫の顔を何度も見比べている。

「そ、それは、その……！」

花嫁となる予定の姫がひとたび選定の場に出れば、手を離れた花毬を真っ先に手にした者こそが、その姫の花婿。その決定に例外はない。

とは言え、候補者たちの元へと辿《たど》り着《つ》く前に、姫が花毬を放ってしまった例などもちろんこれまでにあるはずもなく、いかに経験豊かな春官長と言えども戸惑いを隠せない。

「ええと……その……」

「ぷっ……ぷぷっ……綺羅姫ったら、やっぱり傑作！」

王の隣で王后《おうこう》がたまらず噴き出し、それにつられるように、ヒソヒソ声のざわめきが正殿前の広場に広がり始めた。

（ど、どうしよう！　どうしたらよいのじゃ？）

耀姫《ようき》の戸惑いさえも打ち払うかのように、その時——雲一つない青昊《あおぞら》に高らかに響き渡ったのは、底抜けに明るい男の声。

「じゃあ、もういいんじゃない？　これで決定で。私の従者である李安《りあん》が花毬を手にしたから、綺羅姫の結婚相手は、この漣捷国《れんしょうこく》国王壮忠篤《そうちゅうとく》ってことで……はい、決まり！」

広場は水を打ったようにしんと一瞬静まり返った後、ワーッという大歓声に包まれた。

「綺羅姫様ばんざーい！　ご成婚ばんざーい！」

「は？　……いや待て」

本当にこれで決定なのか。果たしてこれでいいのか。困惑しているのは耀姫ばかり。見物の

朝廷人たちはもちろん、ほんのつい先ほどまでどうしたものかと狼狽《うろた》えていた春官長も、耀姫《ようき》に付き従っていた女官《にょかん》たちも、みな諸手《もろて》を上げて快哉《かいさい》を叫んでいる。

「待てと言うに！」

惺斎《せいさい》も父王も感涙にむせび泣き、王后《おうこう》は鮮朱の唇が裂けんばかりににんまりと口角を上げ、高らかに哄笑《こうしょう》する。

予定外に早い花婿決定に、大いに沸く広場の中で、万歳を唱えていない者は三人のみだった。憤慨する耀姫と、花毬を手にしながら眉間に皺を寄せている若者。そして、我こそが耀姫の結婚相手だと、自ら名乗りを上げた人物。

他の候補者たちを左右に従え、広場の中央に堂々と立つその男は、確かに一国の王たるに相応《ふさわ》しい覇気に溢れている。逞《たくま》しい体躯《たいく》に精悍な顔立ち。ざわめきを一瞬で切り裂いたひと声の、迷いのなさと大きさ。それだけでも、一国を統べるだけの才覚と器量に恵まれていると推察できた。

（結婚相手としては申し分ない相手……なのか？　妾《わらわ》は正しい選択をできたのか？）

しかしその男を見ているようでありながら、実際には耀姫の視線は、その遥か後方に控える人物から一刻も離れなかった。

（李安《りあん》……と言ったか？）

自らが仕える王に歩み寄り、恭《うやうや》しく花毬を手渡す細身の人物。袖振る仕草さえ匂い立つようなその人から、やはりなぜだか目を離せない。

（妾は漣捷国《れんしょうこく》に……嫁ぐ）

李安から忠篤《ちゅうとく》へと、耀姫はゆっくり視線を移した。

（そしてこの王の、妃《きさき》となる）

そうすれば例え遠くからではあっても、またこうして時折、李安の姿を見ることぐらいはできるのかもしれない。

耀姫の頭の隅を、そんな考えが掠めた。チクリとした微《かす》かな胸の痛みと共に――。


花婿が決定するとすぐに慧央国《けいおうこく》を発《た》ち、嫁ぎ先である漣捷国に到着してから四日。吉日を待って、耀姫は忠篤王と改めて婚姻の儀を執り行った。夫となった忠篤は、母の乱心により兄弟と両親を失い、幼くして王座に就いたという漣捷国の歴史上も類を見ない異例の経歴の持ち主だったが、耀姫の目から見る限り、とても傑物のようには感じられない。むしろ、かなりふざけた人物のように思われる。

忠篤にはすでに三人の妃があったが、他国の公主である耀姫も、妃賓《ひひん》としては最高位である妃として王の後宮に迎え入れられた。

（たくさんの妻の中の一人か……なんとも虚《むな》しいな……）

抗《あら》えぬ運命として、仕方なく受け入れた結婚ではあるが、耀姫《ようき》の心はやはり晴れない。唯一の楽しみは、儀式の参列者の中に、祖国で出会ったあの李安《りあん》という若者の姿を探すことだった。

花婿選定の時と同様、会場となった正殿《せいでん》には多くの者が詰めかけている。婚姻の儀の間中、耀姫はキョロキョロと、隣に立つ忠篤《ちゆうとく》の横顔越しにその人山ばかりを見回していた。

「いやあ……花嫁にそれほど見惚《みほ》れられるのも、花婿としては本望だけど……それはまあ、二人きりになってからでもいいんで、今は儀式に集中してもらえるかな？　ウチのうるさ方が、凄い顔してこっちを睨んでる」

「ああっ……すまぬ！」

軽い調子で忠篤に諫《いさ》められ、耀姫は慌てて正面に向き直った。二人の前に立ち、婚姻の祝詞《しゆくし》を滔々《とうとう》と読み上げている春官長《しゆんかんちよう》は、呆《あき》れたような顔でこちらを見ている。これ以上心証を悪くしないため真剣な表情を作りながらも、耀姫の意識は一向に集中しない。

（どこかにいないものか……）

この広い会場内で、未だに一人の人物の姿を探し続けている。

李安は、今日は忠篤の近くに控えていない。祭祀《さいし》などの場合、身辺警護のために要人の傍に付くのは武官なので、おそらく彼は武官ではなく文官なのだろう。

どこか気難しい印象だった真一文字の眉も、思慮深そうな瞳も、そう言えば猛々《たけだけ》しさよりも知性を感じさせた。他国まで王の供をしていたことを考えると、外交を担当する官吏なのかもしれない。だとしたらこの先耀姫が、彼にまた会える確率は、かなり低かった。

そもそも王の妃《きさき》となった耀姫がこれから暮らすのは、宮城《きゅうじょう》の最奥《さいおう》に位置する後宮である。後宮は基本的に男子禁制であり、外殿に勤める朝廷人であっても、王の寝所がある内殿まで入ることはまずない。

（なんじゃ、それでは妾《わらわ》はいったい何のためにここまで来たのじゃ……！）

遠くからでも李安の姿が見られるのならばと、かなり例外的な成り行きで決定したこの婚姻にも、耀姫は最終的には抗わなかった。しかしその密《ひそ》かな楽しみさえ果たせないのならば、知る者もいない他国で最早《もはや》なんの気休めもない。

（まあ見つけたからといって、それで何ということはないのじゃが……）

精一杯強がってはみても、花のような面《おもて》はどんよりと曇り、傍《はた》から見てもわかるほどにガックリと肩が落ちる。

そのような耀姫を気遣ってくれたのか、忠篤が儀式の最中であるにもかかわらず、そっと耳打ちしてきた。

「お腹《なか》でも減った？　じゃあこれが終わったらすぐに、とっておきの菓子を宮《みや》に届けさせよう」

「わ、妾は別に！」

空腹などではない。それで落ち込んだ顔をしているのではないと、言い返そうとしたところに間合いよく、クウと耀姫《ようき》の腹が鳴る。

「ち、ちがっ！　これはあまりにも帯で締めつけられて！　それで苦しくて！」

真っ赤に染まった顔を大きく左右に振り、必死に訂正しようとする耀姫をニヤニヤと見下ろし、忠篤《ちゅうとく》はしたり顔で頷《うなず》いた。

「わかった、わかった。じゃあ一人分じゃなくて、三人分ぐらいにしておくから」

「なんでそうなるのじゃ！」

目を剝《む》いて怒った耀姫を見て、忠篤はついに腹を抱えて笑い出し、こうして前代未聞の不真面目極まりない婚姻の儀は、春官長の通常よりも倍も早口の祝詞《しゅくし》によって、早々に幕引きとなったのだった。


（一国の王にしては、随分とふざけた人物だと思ってはいたが……いったいなんなのじゃ、あの男は……！　あれが妾《わらわ》の夫なのかえ？）

起居する場として、後宮内に与えられた宮《みや》――葉霜宮《ようそうきゅう》に帰り、居室《いま》の中央に置かれた黒漆塗《くろうるしぬ》りの榻《ながいす》に体を投げ出すようにして座り、耀姫はこぶしを握りしめる。

（完全にからかわれているとしか思えぬ！　あやつのせいで、妾が他の妃方や朝廷の重臣らに、白い目で見られたではないか！）

広場を出る際、冢宰《ちょうさい》には小言を言われたし、自分の宮に帰る際、偶然すれ違った忠篤の妃の一人——確か宝妃《ほうひ》だったか——には、嫌味たっぷりの言葉を投げかけられた。

『あら？　ひょっとして先ほど陛下の妃になられた、慧央国《けいおうこく》の公主さまではございません？　漣捷国《れんしょうこく》へようこそ。もうすっかり陛下とは打ち解けられたご様子でしたね……ぜひ私とも仲良くしてくださいませね。わからないことがおありでしたら、なんでもお訊《き》きになって。でも陛下がなかなかそちらの宮にお見えにならなくても、どうか私を恨まないでくださいませね。ほほほっ』

猛禽類《もうきんるい》のようなギラギラした瞳と、祖国の王后《おうこう》に良く似た真っ赤な唇を目にして、耀姫はぶるっと身震いした。

『妾は別に……』

好き合って結婚したわけではないのだから、王が誰の宮に通おうとまったく構わない。そう言いかけた言葉を、耀姫はかろうじて呑み込む。

確かに彼女の本音はそうだが、祖国の父王たちの思惑は違うところにあるのかもしれない。それに他国の後宮に入った際には、そこでの力関係をよく見極め、くれぐれも問題は起こさないようにと、惺斎《せいさい》にもよくよく言い聞かせられていた。

（しかし……）

いかにも自分の方が古参《こさん》なので、新参者《しんざんもの》は引っ込んでいろという居丈高な言い方が気にいらない。それにあの王后を彷彿《ほうふつ》させる宝妃《ほうひ》の容姿に、我知らず負けん気が起きた。

『それでは、もしそうはならなかった時には、逆に許してくりゃれ。妾《わらわ》の方から、他の宮にも行くようにと陛下に進言致すので』

『……………！』

まさか言い返されるとは思っていなかったらしく、宝妃は頬を引《ひ》き攣《つ》らせながら長裙《ちょうくん》の裾を翻した。

『ごめんあそばせっ』

これでこの国にも敵を作ってしまったと、耀姫《ようき》がハタと気が付いた時には、宝妃を中心にした煌《きら》びやかな一行は、既に回廊《かいろう》の曲がり角の向こうに見えなくなるところだった。

（ああ……どうして妾は、こう負けず嫌いなのじゃ！　……買うつもりのなかった喧嘩《けんか》もうっかり買ってしまって、気付けば味方はまったくいない……実にいつも通りだと、惺斎《せいさい》が知ったならきっと笑われる！）

幼い頃から幾度となく、くり返してきた悪癖は、それを諫《いさ》めてくれる惺斎がもう傍に居ないからこそ、こういった大事な局面で耀姫の首を絞める。

（ああ……もう嫌じゃ……）

見事な螺鈿《らでん》が施された榻《ながいす》の肘掛けにぐったりと体重を預けながら、耀姫は深々とため息をついた。普段着よりも二倍は重い婚礼衣装が、なおいっそう肩に重く圧し掛かる。

（お、重い……もう脱いでしまおうか……）

そう思い、襦裙《じゅくん》の上に重ねていた被帛《ひはく》を勝手に取ると、房室《へや》の隅に控えていた宮女《きゅうじょ》が、恐る恐る声をかけてきた。

「あ、あの姫様……まだお脱ぎになってはダメです……」

「なぜじゃ？」

すぐに聞き返すと、「ひえっ」という悲鳴と共に、微妙に後退《あとずさ》られる。

莉香《りこう》というこの宮女は、漣捷国《れんしょうこく》に来た日から耀姫の身の回りの世話をしてくれている者だが、かなり内気な性格らしく、耀姫の顔をまっすぐに見ることをしない。それに常に一定の距離を置いて、こちらを遠巻きに窺《うかが》っている。

それはひょっとすると内気だからなどではなく、単に怯《おび》えているだけなのかもしれない。そう思い当たり、そこまで恐れられる自分が耀姫は悲しくなった。

「ぎ、儀式の場で、陛下が菓子をくださると約束されたのでしょう？」

「ああ、そうじゃ」

その戯言《ざれごと》のせいで、公《おおやけ》の場でついうっかり激昂《げっこう》してしまい、後で春官長《しゅんかんちょう》や冢宰《ちょうさい》らにこってり絞られた。思い出すとまた腹が立ってくる。

「でしたらまだ、こ、衣を脱がれるわけには……」

「なぜじゃ？　もっと薄着になっても、別に問題はないであろう。その方が身も心もゆったりとして、その菓子とやらも存分に堪能できるのではないかえ？」

「いえっ、それはおそらく、本当のお菓子のことではなくて……」

眉間に深く皺を寄せた耀姫《ようき》の表情にビクリと頬を引き攣《ひ》《つ》らせながらも、莉香《りこう》が懸命に説明をしてくれようとした時、房室《へや》の入口の方から思いがけない声が響いた。

「もちろん暗喩ですよ。他国での生活にまだお慣れでないようなので、教育係にもなる侍従《じじゅう》を付けようと仰《おっしゃ》ってくださったのです。それも他の者の三倍も、知識と指導力を兼ね揃えた切れ者を……そのためこの私に勅命が下ったわけですが、実を言えば甚《はなは》だ迷惑しております。もしご不用でしたら、すぐご辞退ください。ええ、それも今すぐに！」

以前にも聞き覚えのある声のような気がする。

しかしこうも迷いなく、説明と要求を一度に済ませてしまうような話し方ができる人間を、耀姫は知らない。否、そもそもこの国の人間に知り合いなど、数えるほどしか存在しない。

（え？　まさか……）

そんなはずはないという思いで、ゆっくりと房室の入口をふり返った耀姫は、そこに佇《たたず》んでいた人物の姿を確認し、驚きのあまりポカンと口が開いた。

「そなた………李安《りあん》？」

白皙《はくせき》の頬を苛立《いらだ》ちでか怒りでか更に白くして、朱塗りの柱に背中を預けながら腕組みをしていた若者は、淡い色の瞳をつと眇《すが》めた。

「ほう……一度耳にした名前をちゃんと記憶しておけるぐらいには、どうやら中身が詰まっていらっしゃるようですね、その頭も」

　つかつかと早足に歩み寄り、耀姫が座る榻《ながいす》の背もたれの後ろへ廻《まわ》り込む。

「しかしこれほどの髪飾りは必要ないでしょう。たしかご出身の慧央国《けいおうこく》では、珠《たま》や銀の細工物よりも、生花の飾りが主流であられたはず。ひょっとして我が国への傾倒の意ですか？　それとも妃《きさき》となったからには誰にも負けないという意志表示？」

　いきなり何の話をされているのか、耀姫は初めのうちまったく理解できなかった。しかし、髷《まげ》に挿した簪《かんざし》や歩揺《ほよう》を次々と引き抜かれ始め、ようやく彼の言わんとしていることに思い当たる。

「わ、妾《わらわ》は別に……！」

　婚姻の儀に当たり、その服装や作法について、相談する相手が耀姫にはいなかった。祖国から従者を連れてくることは禁じられていたし、漣捷国《れんしょうこく》に来てから付いてくれた従者たちは皆、莉香のようにどこか耀姫を恐れて遠巻きに見るばかりだ。

　そのため仕方なく、この二、三日で見かけた他の妃嬪《ひひん》たちの真似をし、髪型や装飾品などを自分なりに考えたのだが、おかしな恰好《かっこう》になってしまっていたのだろうか。

　瞬《また》く間《ま》に髪から飾りを外し終わられ、まるで丸裸にされてしまったような気さえする。

「なぜ……」

いきなり現れてこのようなことをするのかと、いつもの耀姫《ようき》ならば大いに憤慨して相手に食ってかかるところだ。しかし言葉さえ上手《うま》く出てこない。

もともとの目鼻立ちが人並み外れてハッキリしているため、耀姫は本来、あまり華美に着飾ることが好きではない。それでも一生に一度のことだからと自分に言い聞かせ、今日ばかりは煌《きら》びやかに装ったのは、実は密かに、それを一目見てもらいたかった人がいたからだ。

思いがけずその人物と再会し、以前は為《な》し得《え》なかった会話さえしているというのに、夢に見た甘い雰囲気とはあまりにもほど遠い。心の中に食い込んでくるようなハッキリとした声で、包み隠さずズバズバとものを言われ、これでは頭ごなしに叱られているようなものだ。

悔しいのだか、悲しいのだか、自分でもよくわからず、人前では決して流したことのない涙が浮かんできそうになるのを、耀姫は唇を嚙《か》み締《し》めて必死に堪えた。

その頰に、冷たいものがふと触れる。

「これぐらいで良かったのですよ。黒髪に緋牡丹《ひぼたん》。誰にも真似できない美しさではないですか。祖国への思いも誇示できて、高価な装飾品に価値を置く愚か者には、自分よりも下位なのだと侮《あなど》ってさえもらえる。一石二鳥、いえ、三鳥だったのに……」

頭のすぐ後ろで大きく溜《た》め息《いき》をつかれ、耀姫は涙に濡《ぬ》れた双眸《そうぼう》を瞬《また》かせた。恐る恐る手を上げて己の頭に触れてみれば、耳のすぐ上の辺りに、大輪の花が一輪挿してある。

ということは、先ほど頰に触れたと感じたのはこれを挿《さ》した李安《りあん》の手だったのだろうか。

「うっ……！」

そう考えただけで発熱したかのように頬が熱くなり、耀姫は両手で顔を覆った。

「何をしていらっしゃるのですか。ご自分でもご覧になってみてください。いいですか……この後宮で敵を作らないためには、余計なことはしないこと。華美に装わないこと。目立たず出過ぎないこと。最低限これくらいは守っていただかなければ、いくら勅命とあっても教育係など私は引き受けかねます」

素《そ》っ気《け》ない声で語り続けながら、李安が背後から手鏡を差し出してくる。耀姫はそれを受け取り、己の姿を映してみた。

艶《つや》やかな黒髪に、真っ赤な緋牡丹。見事な色の対比は肌の白さを引き立て、翡翠《ひすい》の瞳まで輝きが増したように見える。

（なるほど、美しい……）

急ごしらえで作ってもらった生花の髪飾りだけではなく、その背後に映り込んだ李安の顔をも眺めながら感嘆の息を吐くと、すっと手鏡を取り上げられた。

「余計なものは見なくていいのです」

「な、なんじゃ！　妾《わらわ》は別に……」

大慌てしている耀姫に背を向け、李安は居室《いま》の隅に控えている莉香《りこう》に歩み寄る。

「そんなに用心せずとも、慧央国《けいおうこく》の綺羅姫《きらひめ》が神通力を使えるというのはただの噂《うわさ》だ。もちろん天界から追放されたどうにも性悪《しょうわる》な天女だというのも……おおかた宝泉宮《ほうせんきゅう》辺りの方が、姫様を孤立させようと画策されたのだろう」

「そ、そうなのですか？」

莉香《りこう》は驚いたような顔で李安《りあん》を見上げているが、それ以上に驚いたのは耀姫《ようき》の方だった。

「なんじゃそれは！　そのような噂が流れておったのか！」

勢い込んで榻《ながいす》から立ち上がった結果、長襦《ちょうじゅ》の袖が肘置きに引っかかり、後方に倒れそうになる。

「ぎゃあっ！」

榻の背もたれや肘置きに背中をしたたかに打ち付けずに済んだのは、音もなく駆け寄ってきた李安に、しっかと助け起こされたからだった。

「す、すまぬ」

腰に廻された腕と、間近に迫る顔に焦りながらも、耀姫はかろうじて感謝の言葉を口にする。李安は言葉ではなく、大きな溜め息でそれに答えた。

「このように、ドタバタと落ち着きのない天女がいるでしょうか？　少なくとも私は、そんな存在は認めたくございません」

軽く頭を振ることによってサラサラと揺れる李安の髪が、耀姫の頬に触れる。その距離があまりに近すぎて、かなり失礼なことを言われているのに、耀姫は怒ることとさえ忘れている。

「とにかく、もう少し姫君らしく、しとやかな所作をお心掛けください」

「……うむ」

幼い頃から幾千回となく、惺斎《せいさい》にも言われ続けた言葉だったが、耀姫がこれほど素直に頷いたのは初めてのことだった。

「それから声も、あまり無用な大声を出されませんよう」

「……うむ」

「急に叫び声をあげる癖も、どうかお慎《つつし》みください」

「う……うむ」

自分でも次第に自信がなくなりつつあったが、ここで否と答えては、背を支えてくれている手までも離されてしまうかもしれない。耀姫は必死に頷き続けた。

「食事は一日三回。おやつは一回のみ。せっかくのお姿なのに、妃《きさき》となられてから太られたとあっては、祖国にも陛下にも申し訳がたちませんので」

「わ、わかった」

李安の口から「妃」の言葉が出てきたことには少し複雑な気持ちを抱きながらも、耀姫はかろうじて頷く。

「我が国について学んでおられる姿勢はご立派ですが、独学では情報に偏りも出てまいります。まだ学びを続けられるのでしたら、これからは私が準備いたします書物をご参考に」

「うむ」

「それから、楽器の演奏が苦手だとしても、宴《うたげ》で求められた時に何かしらはできなければ、他の妃嬪《ひひん》方にも侮《あなど》られてしまいますので、下手は下手なりに、練習だけは怠ることのございませんよう」

「…………」

言われるままに頷き続けていた耀姫《ようき》だったが、ふと、これはいったいいつになったら終わるのだろうかという思いに駆られる。しかも話の内容が、次第に細かく具体的になってきているように感じるのは彼女の気のせいだろうか。

(なぜ李安《りあん》が、妾《わらわ》の習慣や癖から、苦手な物まで、このように詳しく知っておるのじゃ?)

考え込むあまり返事が遅れた耀姫の顔に、李安が自分の顔を近付け、瞳を覗き込んだ。

「聞いておられるのですか、姫様?」

「ぎゃ……」

もともとかなり至近距離であったのに、今にも鼻と鼻が触れてしまいそうなほどに近づかれ、出しかけた悲鳴を耀姫はかろうじて呑み込む。

「そうです。良い心がけです。それで……今の助言に対します御返事は?」

「わかった!　わかったから!」

首が折れそうなほどに激しく頷く耀姫を、李安はようやく腕の中から解放した。腰に廻されていた腕を離され、それを少し寂しく思う自分を、耀姫は心の中で叱咤《しった》する。

（な、何を考えておるのじゃ、妾は！）

「それで……結局どうされるのですか？　やはり私は、教育係としてあなたに従わねばならないのですか？」

改めて問いかけられ、考えるまでもなく即座に頭を下げた。

「うむ。よろしく頼む！」

李安はどうやら知識や指導力があるばかりではなく、観察力や深慮にも長《た》けているらしい。そんな彼が、傍に居てくれることは心強い。それは決して、彼の姿を見ているだけで胸をときめかせてしまう、耀姫の密かな想いとは関係がない。ないはずだ――。

素直に頷《うなず》いた耀姫の黒髪を見下ろし、李安はコホンと一つ咳払《せきばら》いをした。

「それでは最後に……毎朝せめて、日の出の前にはお起きになって、顔くらいは念入りにお洗いになってから、他の方の前には出られるようにお願いいたします。頬に衾《ふと》襦《ん》の跡が付いておりますよ」

「え……は？　……あ！」

思い当たるところがあったのだろう。耀姫は必死になって長襦《ちょうじゅ》の袖で頬を拭う。

しかし実際には、そんなはずはないのだ。時刻はすでに昼過ぎ。もし李安の言葉が本当であるならば、側仕《そばづか》えの誰かがとうに気がついているはず。しかも今日は朝から婚姻の儀が執り行われたのだから、例えそうであったとしても、化粧係が見逃すことなどあり得なかった。

そのことにすら気が回らず、赤くなってしまいそうなほどに頬《ほお》を擦《こす》り続けている耀姫《ようき》の手首を、李安《りあん》がやおら摑《つか》む。

「嘘《うそ》です」

真顔のまま言い切られたため、何のことだか耀姫には一瞬わからなかった。しかし次の瞬間、どうなることかとオロオロしながら二人のやり取りを見守っていた莉香《りこう》が床から飛び上がりそうなほどの大声が、葉霜宮《ようそうきゅう》に響き渡る。

「な、な、なんなのじゃ！　そなたはっ！」

「ああ、自己紹介がまだでしたか？　李安と申します。以後お見知りおきを」

しらっとした顔で改めて名乗られたことで、耐えに耐えていた堪忍袋の緒が切れ、耀姫はついに怒り始めた。なので、彼女は気が付いていない。

勘気《かんき》を避けようとするかの如く視線を逸らした先で、限りなく無表情な李安がほんの少しだけ、表情を柔らかくしたことを――。

第二章

「しかし……まさかこれほど、辛辣な性格だとは思わなんだ……」

「何か仰《おっしゃ》いましたでしょうか？　姫様」

心の中だけで呟《つぶや》いたはずが、思いが実際に声に出ていたことに驚き、だらしなく体重を預けていた椅子の背もたれから耀姫は急いで体を起こした。

「な、なんでも！　なんでもないわ」

「そうですか」

おそらくしっかりと聞こえていただろうに、素知らぬ顔で手にした巻子《かんす》に視線を戻す李安の横顔を、チラチラと盗み見る。

（口を利いたことがほとんどなかった間は、もっと優しげで物静かな人物のように思っておったのじゃ。かような外見だからの。それが口を開けば、小言と嫌味《いやみ》ばかりで……）

考えた瞬間に、色素の薄い瞳をふいに向けられるので、心臓ばかりではなくからだ全体がビクリと跳ねる。

「な、なんじゃ？」

「いえ、もう読み終わられたのでしたら、新しい巻子《かんす》をお持ちしようかと思いまして」

膝の上に置いたまま一向に進んでいなかった巻子を、視線だけで指し示され、耀姫《ようき》は慌てて胸まで持ち上げた。

「ま、まだじゃ。少し休憩しておっただけじゃ」

「少しですか」

探るようにくり返され、射るような視線から逃れるように、更に顔の前まで巻子を上げる。

「そうじゃ。これから速度をあげるところなので、妾《わらわ》のことはもう放っておいてくりゃれ」

「わかりました。それでは今日のところはこれで失礼します」

言うが早いか、李安《りあん》が向かいの席から立ち上がる気配を感じ、耀姫はハッと巻子の陰《かげ》から顔を出した。

居室《いま》から出ていこうとしていた李安は、入り口の所でふり返り、いかにもたった今思い出したと言わんばかりにひと言付け加える。

「そういえば、陛下から伝言があったのでした。『今宵《こよい》も訳あって、そなたの宮《みや》には参れぬ。琴をつま弾《び》くなり、書物を読むなり、好きなことをして過ごされよ』とのことです」

「そうか……」

がっかりすると同時に、ホッとする。複雑な心境は、忠篤《ちゅうとく》と婚姻の儀を済ませた日から、もう半月ほども続いていた。毎日李安が持ってくる同じ伝言も、最早《もはや》内容を復唱できるほどに、耀姫は聞き飽きてしまっている。

李安が傍に付いてくれたおかげで、妃《きさき》としての心得などは身に付き始めていた耀姫だったが、その実、彼女が王の妃としての本来の務めを果たしたことは未だない。

つまり夫婦となってから半月、忠篤が耀姫と褥《ふとん》を共にするために葉霜宮《ようそうきゅう》を訪れたことは、まだ一度もなかった。

（宝妃《ほうひ》あたりが、今日も勝ち誇った笑みを浮かべているのであろうの）

それを思えば悔しくもあるが、心のどこかで安堵《あんど》していることも確かだ。

「何か返答されますか？　伝言があれば私からお伝えしておきますが」

「いや、いい」

これから王の住まいである飛雲宮《ひうんきゅう》に帰るらしい李安に、耀姫は力なく手を振った。

「妾に女としての魅力がないのは、自分でもわかっていることだからの……それを悲劇ぶって口にするのも、他の妃の宮に通うのにお忙しいでしょうからと嫌味を言うのも、どうにも性に合わぬ……」

「そういうことはございません！」

珍しく大きな声で言い返され、耀姫はキョトンと瞳を瞬かせた。

「……何がじゃ？」

「……ですから……今、姫様が口にされたことです」

「………？」

一度にあれこれ言ってしまったせいで、李安《りあん》の言葉が何を指しているのかはわからない。しかしいつも歯《は》に衣着《きぬき》せぬ物言いの彼が、微妙に返事を濁したことは気になる。

それを考慮して、耀姫《ようき》はこれ以上この話題について会話を続けるべきではないと判断した。

代わりに何を言うべきか考え、頭に浮かんだことをそのまま問う。

「そなたは……いつも夜はどうしておるのじゃ？」

「私ですか？」

いかにも思いがけないことを聞かれたとばかりに、軽く瞳を瞠《みは》る表情が珍しい。

初めのうちこそ、李安はいつも無表情で同じ顔ばかりしていると思っていた耀姫《ようき》だったが、そう経《た》たないうちに、実はかなり表情豊かであると気が付いた。特に、耀姫が何か突拍子もないことを言い出した時の驚いた顔と、少し腹をたてた時の眉間に皺《しわ》を寄せた顔は、普段の顔にも増して美しく、密かに彼女のお気に入りだ。

とは言え、耀姫がそれらの表情に気付いたのは、妃《きさき》としての心構えを習う時も、漣捷国《れんしょうこく》の歴史について学ぶ時も、終始、李安の顔ばかり見ているからである。故にそれは、他の者では到底知りようのない、ほんのわずかな表情の変化なのかもしれない。

「私は……房室《へや》を賜っております飛雲宮《ひうんきゅう》に帰って休むか、書庫で書物を漁《あさ》りながらそのまま寝てしまうかですが……それが何か？」

「何かって……」

単に訊《き》いてみただけなのだが、訊き返された瞬間に違う理由を思いついた。

「妾《わらわ》付きになったのなら、他の従者たちのように、この葉霜宮《ようそうきゅう》に寝泊まりするのが当たり前ではないかと思ったのじゃ。何故《なぜ》そうせぬのじゃ？」

率直に問いかけると、困惑したように問い返される。

「それは……ひょっとして、愁夜《しゅうや》や陽円《ようえん》のようにということでしょうか？」

「もちろんそうじゃ」

自分の身の回りの世話をしてくれる侍従《じじゅう》たちの名を出されたので、耀姫は当たり前のように頷いた。しかしその返答を聞いて、李安はますます当惑したような顔になる。

「あの、姫様……私はですね……」

またもや言い難そうに李安が言葉に詰まるので、この話題も良くなかったのだろうかと耀姫は焦った。

「いやっ！　他の宦官《かんがん》たちよりも特別扱いして欲しいと言うなら、別に房室を与えることは一向に構わぬぞ！　葉霜宮には使っていない房室がまだまだ余っておるし、なんといってもそなたは、妾の教育係なのだからな！」

精一杯気を遣ったつもりだったのに、耀姫がそう叫んだ途端、李安はそれまでどちらかと言えば崩れがちだった表情を引き締めた。氷のような無表情。そこには何者をも寄せ付けない、高潔なまでの美しさがある。

「いえ。そういったお心遣いでしたらまったく無用です。もともと進んで引き受けた役でもございませんし、それを姫様に恩に着せるつもりも毛頭ございません。それに私は、他の者といるより一人の方がずっと落ち着きますので、どうぞ放っておいてください。失礼いたします」

「…………え？」

口を挟む間もないほどの勢いでひと息に言い切り、李安《りあん》は踵《きびす》を返して房室《へや》を出ていった。

せっかちな背中が消えた先を呆然《ぼうぜん》と見つめる耀姫《ようき》の前に、先ほど話題にも出た愁夜《しゅうや》が、運んできたお茶をそっと置いてくれる。

「変わった方……ですよね」

「う、うむ」

「私でしたら一人は嫌ですけど。役目の終わった夜も、他の宦官《かんがん》たちと、他愛《たあい》もない話をして過ごす方が楽しいので」

「……うむ」

それは当然だと言いかけ、耀姫は口を噤《つぐ》んだ。考えてみれば耀姫自身も、友人らしい友人を持ったことはない。そのため愁夜が語った友との語らいの楽しさも、実は想像でしかわからなかった。

しかしそれは、耀姫が自ら望んだ孤独ではない。公主という立場や、幸運の乙女のはずなのに何故か不運ばかりを呼ぶという不幸体質でさえなければ、人並みに友人の一人や二人は欲しかった。故に李安の言ったことは、なんとも理解しがたい。

（一人の方がいいのか？　妾《わらわ》は寂しかったぞ……？）

できることならば気心の知れた友と、様々な話をしてみたかった。唯一傍に居てくれたのは悍斎《せいさい》なので、年頃の娘らしい打ち明け話などはまったくしたことがない。もし友がいたならば、是非語りたい秘密もあったのに——。

そう考えると、つい今しがた去っていったばかりの李安の顔が頭に浮かんでしまうので、耀姫は慌てて首を振る。

（よくわからぬ……あの者のことは……）

焦《あせ》るような気持ちで、卓子《つくえ》の上に置かれた茶器を手に取った。

「熱いですからお気を付けください」と言い残し厨房《だいどころ》に帰っていった愁夜は、耀姫の分のほかにもあと一つ茶器を準備してくれている。それはおそらく李安のためのものだろうに、指導が終わった後、彼がそれを飲んでゆっくりしていったことは一度もない。

いつも用が済んだならすぐに宮を出ていく。そのため彼自身のことについて、改めて話を聞く機会もなかった。

（尋ねたところで、『それを知ってどうするのですか？』と嫌味を言われるばかりなのだろう

がな)

耀姫《ようき》は飲み終わって空になった茶器を卓子《つくえ》に戻し、もう一つの茶器にも手を伸ばした。自棄気味にその茶も一気にあおる。

「うっ！　……っ……ごほっ！」

勢いが良過ぎて咽込《むせこ》んでしまったが、「慌て過ぎですぞ」と背を撫でてくれる惺斎《せいさい》も、「何をしておられるのですか」と冷たい一瞥《いちべつ》をくれる李安《りあん》も、今は傍に居ない。

「うむ……やはり一人は寂しいよのう……」

卓子の上に突っ伏して、冷たい天板に頬を付けながら、耀姫はひとりごちた。

葉霜宮《ようそうきゅう》の前の庭院《なかにわ》では数羽の鳥が、仲良さげにピピピと戯れている声がした。

気が付けば耀姫は、暗闇の中に居た。前後左右もわからぬ闇の中、どこからか彼女を呼ぶ声が聞こえる。

(誰……？)

聞き覚えはなかった。ただどうしても、その声の主がいる場所まで辿り着かなければと、根拠のない焦燥感《しょうそうかん》に駆られる。

(早く)

懸命に手足を動かしても、いったいどのような場所にいるのだか、まったく進んでいる気がしない。ただ気ばかりが焦る。

（早く！）

額《ひたい》に汗かくような思いでくり返した時、ハッと目が覚めた。

「姫様。まさか眠っておられたのですか？」

房室《へや》の向こう側から李安に探るような目で見られるので、耀姫は慌てて掛けていた榻《ながいす》から腰を浮かした。

「まさか！　は、ははは」

白々しい笑い声に背を向け、李安は莉香《りこう》へと向き直る。

「それでは今日は、こちらの撫子色《なでしこいろ》の長襦《ちょうじゅ》に紺青《こんじょう》の長裙《ちょうくん》を合わせましょう。被帛《ひはく》や紗《うすぎぬ》も、色目の合う物を見繕って」

「はい。わかりました」

色鮮やかな衣を李安に手渡された莉香が、嬉々としてこちらに駆け寄ってくる。その様子を臥室《しんしつ》の奥から眺めながら、耀姫は恐る恐る口を開いた。

「のう……どうしても出なければならぬのか？」

往生際悪く問いかけると、李安《りあん》がすかさず返答する。

「当たり前です。今日は四人の妃《きさき》が一堂に会する饗宴《きょうえん》が催されるのだと、前々からお伝えしていたではありませんか。ここでそれとなく、それぞれに友好の態度を取っておかなければ、後で困るのは姫様ですよ」

「そうじゃよな……」

耀姫《ようき》はしかたなく口を噤んだ。

「化粧に使う色は、鮮やかなものではなく淡い色を心掛けて。姫様はお顔立ちがハッキリし過ぎているので、あまり濃い色だと厚化粧に見えます」

李安は、次に化粧係の美怜《みれい》に向き直り、指示を出している。厚化粧という表現には思うところがないわけではなかったが、従者の誰よりも忙しげに臥室《しんしつ》中を動き回る李安の様子を目にして、耀姫は抗議の言葉をぐっと呑み込んだ。

着飾らせてもらう側の耀姫は、特にすることもなく、李安の指導の下に今日の衣装の全容が決まるまでうたた寝するほどの余裕があるが、従者たちはそうはいかない。時間までに耀姫の準備を終えるために、宮女《きゅうじょ》たちも宦官《かんがん》たちも皆必死になって動いてくれている。

（それを思えば、行きたくないと駄々を捏ねるのも、おかしな話なのだ……）

しゅんと黙り込み、大人しく榻《ながいす》に座ったまま、美怜が白粉《おしろい》や紅《べに》や眉墨《まゆずみ》を引いてくれるのに、耀姫はしばらく身を任せていた。

閉じた瞼《まぶた》の裏がふと翳《かげ》り、何事かと目を開くと、何故かすぐ目の前に李安《りあん》の顔がある。

「ぎゃあああっ！」

大声で叫ぶと、手で両耳を塞いで嫌な顔をされた。

「お静かに。化粧の調整中です。……やはりこの色では濃すぎるのでは？」

「そ、そうですか？」

「ええ。もう少し薄めに塗るのならいいかもしれませんが……」

美怜《みれい》と話し合いながら、李安が耀姫《ようき》の唇に指先をつと伸ばす。

「え？　……え！　え？」

慌てて後ろに引こうとする耀姫の肩を摑《つか》み、李安が逃げることを阻止した。

「動かないでください」

その思わぬ力の強さに、耀姫の焦りはいよいよ大きくなる。

「動くと紅《べに》がズレますよ。それとも口が裂けたような顔になられたいのですか？」

「い、いや」

短く答え、覚悟を決めて、耀姫は唇を引き結んだ。そこにもう一度、少し冷たい李安の指が触れる。右から左へ、左から右へ。優しく撫でられる度に、胸を突き破って飛び出してきそうなほどに心臓が鳴り、耀姫はたまらず瞳を閉じた。

「できました。ほら、良くなったのではないですか？」

「あ、本当ですね」

弾《はず》むような声につられて、目を開いてみる。宮女たちも宦官たちも、皆嬉《うれ》しそうに耀姫の顔を覗《のぞ》き込んでいるが、果たして自分は人が見てもおかしくないような状態なのだろうか。耀姫にはまったく自信がなかった。

ドキドキと己の心音ばかりが耳にうるさいし、頬は火が点《つ》いたかのように熱いのだから、真っ赤な顔になってしまっていることは間違いない。皆に変だと思われないかと怯《おび》えていると、思いがけず莉香《りこう》に賛辞の言葉をかけられる。

「頬紅は必要ありませんね、姫様。今日はとても綺麗《きれい》な薄紅色をしておいでです」

それを聞いた李安の背中が、皆から離れていきながら少し震えた気がしたのは気のせいだろうか。ぜひ今ばかりは気のせいであってほしいと、耀姫は願わずにはいられない。

未だ冷たい指の感触が残る唇を、いったいどうしたものかと狼狽《うろた》え続ける耀姫は、李安がそのまま臥室《しんしつ》から出ていこうとしていることに気付いた。

準備が終わったのはまだ化粧と髪結いのみ。最も大掛かりになる着付けをこれから行うところなのに、どこに行こうというのか。全てを見事に采配《さいはい》してくれた李安に、せっかくならば最後まで見届けて太鼓判を押してもらわなければと、耀姫は声をかけた。

「これ、どこに行くのじゃ李安」

「どこって……隣の居室《いま》ですが……」

「これから妾《わらわ》が召し替えるのにか？」

「……？　だからですが」

「なぜじゃ？」

耀姫《ようき》の問いかけを耳にして、李安《りあん》はいかにも怪訝《けげん》そうな顔をし、臥室《しんしつ》にいる従者たちの顔を順番に見た。衣装係の莉香《りこう》と化粧係の美怜《みれい》。荷物の整理をする愁夜《しゅうや》。後片付けの陽円《ようえん》。そこで何かに気が付いたかのように息を呑み、瞳を瞠《みは》った。

「……あ！」

「なんじゃ？」

「なんでも！　なんでもございません！　姫様の仕度以外にもまだ準備せねばならないこともあるのです。私はそちらを済ませておりますので、お召し替えが済まれましたら、隣室にお声かけください。では！」

常の早足よりも更に急いだ足取りで臥室《しんしつ》を出ていく李安を、耀姫は呆気《あっけ》に取られて見送った。

「わざわざ隣の房室《へや》に行かずとも、ここでやればいいものを……おかしなやつじゃ……」

首を傾げる耀姫の肩から、莉香が普段着の長襦《ちょうじゅ》を滑り落としていく。

「おそらく李安には李安の、事情があるのでございましょう」

「…………？　どういうことじゃ？」

「さあ、私もそこまでは……」

言葉のわりに莉香は何か物知り顔だったが、耀姫はそれ以上追及しなかった。知りたいのならば直接本人に訊かなければと、こういうところでも筋を通すようなやり方が、変わることのない耀姫の彼女らしさだった。

宝妃《ほうひ》——揺麗昌《ようれいしょう》が暮らす宝泉宮《ほうせんきゅう》で行われたその日の饗宴は、耀姫が予想していたよりも遥《はる》かに大掛かりなものだった。四妃《しひ》はもちろん、その下に名を連ねる九嬪《きゅうひん》も婕妤《しょうよ》も、後宮の主だった妃嬪《ひひん》たちが皆勢揃《せいぞろ》いしている。

広大な園林《ていえん》に張り巡らされた水路沿いに紅の毛氈《もうせん》が敷かれ、円卓の上には乗りきれないほどの豪華な酒食が準備されていた。色とりどりの衣を纏《まと》った妃嬪たちが、花の咲き乱れる風景に彩りを添え、楽士の奏でる優雅な楽の音が、いっそうの趣を醸《かも》し出す。

「皆様、本日はようこそ、この宝泉宮に！　園林を好きに巡られるも良し。水路を泳ぐ遊魚をご覧になるも良し。食事なども準備しておりますので、どうぞ存分にお楽しみくださいませ」

新しく入ったばかりの妃《きさき》ということで、耀姫には宮の主人である宝妃の隣の席が用意されていた。

「お久しぶりでございますね、公主様。あ、もう慧妃《けいひ》様とお呼びした方がよろしいですわね、失礼しました」

「いや、妾《わらわ》は特にどちらでも構わぬのだが……」

誰も呼ぶ者がいない妃《きさき》としての呼び名は、耀姫《ようき》にとってはまだ馴染《なじみ》が薄い。祖国にいた頃の敬称の方がまだしっくりくると思ったが、宝妃《ほうひ》はおもむろに探るような視線を向けた。

「あら、でも陛下がお付けになった名で呼びあうのが、後宮の慣例ですから……それとももっと他に、特別な名前でも賜《たまわ》られましたの？」

「いや、そういうわけでは……」

特別な名前を賜るも何も、忠篤《ちゅうとく》とは婚姻の儀以来顔を合わせていない。しかし前回大見得を切った宝妃を相手に、その現状を悟られるのが口惜しく、耀姫は言葉を濁した。

「もったいぶらずに教えてくださいませ。あ……せっかくですから、どうぞ皆の前で」

「…………え？」

驚き、耀姫が宝妃の顔を見直す間にも、急《せ》かすように背を押される。

「どうぞ、あちらの台座にお上りあそばして。ちょうどの機会ですから自己紹介もお願いいたします」

あらかじめそのような予定はなく、耀姫はもちろん何の心づもりもしていなかった。

「し、しかし……」

「簡単なもので構いませんわ。どうぞ」

笑顔で促す宝妃の目は、笑ってなどいない。何か思うところのありそうな、有無を言わせぬ迫力がある。数多《あまた》の妃嬪《ひひん》らに好奇の視線を注がれる以上に緊張が増し、耀姫の頭の中は真っ白になった。

（自己紹介……自己紹介とは何を言えばいいのじゃ？　名前？　出身？　それだけ述べて……そうじゃ！　どこの宮を賜っているのかを付けて……うむ……それで、よろしくと頭を下げるしかないか……）

上手い言葉など咄嗟《とっさ》には何も浮かばず、耀姫は嘆息しながら一歩を踏み出した。玉砂利の上で漆塗《うるしぬ》りの沓《くつ》が滑り、前のめりになって倒れてしまいそうになる。

「うぎゃあっ！」

皆の視線が集まる中、みっともなく地面に這《は》いつくばらずに済んだのは、背後から何者かに抱き止められたからだった。

「す、すまぬ」

耀姫が礼を言ってふり返ろうとするよりも早く、その人物は彼女の体勢を整え終え、背後から消えた。しかし離れる刹那、耀姫の手の中に何かを握り込ませていった。

あまりにもあっという間の出来事で、すでに人ごみの中に紛れてしまったその人物が誰だったのか、耀姫には今更確かめることもできない。しかし常人より少し体温が低い指先には、心当たりがないこともなかった。

（……李安《りあん》？）

ハッとした思いで握りしめていた手を開くと、小さく折りたたまれた紙片がある。中には流麗な文字で、簡単な挨拶文がしたためられていた。

（やはり！）

宝妃《ほうひ》に無言で急かされるのも構わず、耀姫《ようき》は何度も周囲を見回す。しかしやはり、それらしき姿はもうどこにも見えない。それでも手の中にある幇助《ほうじょ》は、他の何よりも心強い。

「わかった。それでは自己紹介させていただく」

覚悟を決めて口を開くと、それまでとはうって変わった強気な声が出た。堂々と顔を上げ、宝妃に向かって力強く頷けば、訝《いぶか》るような表情をされる。

「…………？　それではどうぞ」

その声に促されるまま、耀姫は妃嬪《ひひん》たちの前に立った。

身に着けているのは李安《りあん》が見立ててくれた、派手さはないながらも上品な色合いの襦裙《じゅくん》。気の強さばかりが際立たないようにと、色味を抑えた控え目な化粧。濡《ぬ》れ羽色《ばいろ》の黒髪に飾ったのは、李安が手ずから作ってくれた石楠花《しゃくなげ》の髪飾り。全ての采配を李安に任せて、本当に良かったと心から思う。

「初めまして。慧央国《けいおうこく》から参りました、奉耀姫《ほうようき》と申します。この度、慧妃《けいひ》の名を賜り、四妃《しひ》の末席に名を連ねさせていただくこととなりました。祖国では『綺羅姫《きらひめ》』と呼ばれておりましたので、陛下にはそのまま、その愛称で呼ばれております。田舎者ゆえ戸惑うことばかりですが、宝妃様のお心遣いに、いつも助けていただいております。これからよく精進して、瑞妃《ずいひ》様のように美しく、彩妃《さいひ》様のような慈しみの心を持った女性に近付ければと思っております。皆様、ご指導のほどをよろしくお願いいたします」

これまで名前しか耳にしたことのなかった他の妃《きさき》たちを、名指ししての挨拶には些《いささ》か気が引けたが、お蔭《かげ》ですぐに自分を含めた四妃の顔と名前が一致した。

耀姫が妃の名を口にする度に、妃嬪たちの一部にざわめきが起こるのである。そのざわめきの中央にいる一際華やかな装いの女性二人が、耀姫がまだ顔を合わせたことのなかった瑞妃や彩妃なのだろう。

(助かった……)

どこかで鳴り始め、瞬《また》く間《ま》に園林《ていえん》中に広がった拍手喝采に送り出されるようにして、耀姫は台座から下りた。

「す、少しの間、失礼します……」

形ばかり手を叩くふりをしながらも憮然《ぶぜん》とした表情をしている宝妃に頭を下げ、人垣の中を縫うようにして、園林の隅の大木まで駆ける。木の陰に身を隠してようやく、大きく息をつくことができた。

「な……なんっで……?」

いきなりこのような場に立たされるのか、そこに予《あらかじ》めの連絡はないのかと、怒りを感じずにはいられない。今更どこにもぶつけようのないその思いに、耀姫が肩を震わせていると、背後から静かな声がした。

「付け焼刃にしてはうまくやられたのではないですか？　もしやと思い、準備しておいて正解でした」

耳にしただけで全身から力が抜けて、安堵《あんど》のあまりに声の主に縋《すが》りついてしまいそうだった。

「李安《りあん》！」

「はい」

「……ありがとう」

口にすればまるでそれが合図になったかのように、膝がカクリと曲がり、敷き詰められた玉砂利の上に座り込んでしまう。

衣が汚れると思ったのだろう、李安は一瞬息を呑《の》んだが、耀姫《ようき》を咎《とが》めることはなかった。

「いえ、姫様のお手伝いをするのが私の仕事ですから、改めてお礼を言われるようなことでは。しかし一か所だけ、私がご準備した文言《もんごん》を読まれなかったところがありましたね。何故《なぜ》です？」

「あ」

鋭く指摘され、耀姫は緊張のあまり握りしめたままだったこぶしを、再び開いた。挨拶文の書かれていた小さな紙片には、『綺羅姫』のくだりに『幸運を呼ぶ』と記されている。しかし耀姫はあえてその部分を省いた。とっさの判断を自嘲しながら、くしゃりともう一度紙片を握る。

「妾《わらわ》は幸運を呼んだことなどないからの……逆に周りの者を不運に巻き込んでばかりじゃ……『綺羅姫』の名にまったくそぐわない不幸体質だと、笑い話として、祖国の者なら皆知っていることじゃ……」

「そうですか」

決して慰めの言葉を期待していたわけではない。しかしあまりにも素っ気なさ過ぎる返事は、やはり耀姫の心を鋭く抉《えぐ》る。少しくらいは気を遣ってくれてもいいのではないかと、耀姫は李安に苦言を呈すため、思い切って背後をふり返った。しかし実際には口を開くことさえできない。李安は真《ま》っ直《す》ぐに耀姫を見下ろして、静かにそこに佇《たたず》んでいた。

「ならばやはり、姫様の教育係には私が適任のようですね」

水面に映る月のように、澄み切った表情で語りながら自らも膝を折り、李安は耀姫と目線の高さを合わせる。その行動になぜだか焦りを感じ、耀姫は乾いた声で呟《つぶや》いた。

「な……ぜじゃ？」

「おそらく……これ以上ないほどの不幸を、とうの昔に経験しておりますので、それに比べれば多少のことなど、もう不運だとも感じないからです」

差し伸べられた手にいったい何をされるのだろうかと、咄嗟に固く目を閉じた耀姫の頬を、冷たい指先が撫《な》でる。

「李安《りあん》？」

頬を上り、高く結い上げた髪にまで触れた李安の手は、耀姫《ようき》の頭を軽く叩いて離れていった。

淡々とした言葉とは裏腹に、その指先はまるで慰めてくれているかのように感じられて、耀姫は慌てて目を開いた。

とうに立ち上がって元の体勢に戻っていた李安が、表情のない顔で耀姫を見下ろしている。

その無表情を目にすれば、微《かす》かに感じた優しさも労わりも、やはり勘違いだったとしか思えなくなる。

「…………」

押し黙る耀姫に、李安は再び紙片を開いてみるようにと進言した。

「もう用はすんだであろ……何故じゃ？」

「いいですから。裏を見てください」

「裏？」

言われるままに紙片を裏返して見ると、そこには表と同じ美しい文字で、短く『宝妃《ほうひ》――褒めろ。瑞妃《ずいひ》――秘密を打ち明けろ。彩妃《さいひ》――相談しろ』と記してある。

「……なんじゃこれは？」

座り込んだままの耀姫を見下ろす体勢だった李安は、尊大に腕組みをして頷いた。

「書いてあるままです。姫様におかれましては、この限られた時間の中で、できるだけ他の妃嬪方《ひひんがた》と親しくなっていただかなければなりません。主だった三人に関しての攻略方はそこに書いてある通りですので、一刻も早く皆様のところに戻り、友好を深めてください。座り込んでいる時間はありませんよ。さ、行って」

「はあ………」

呆然《ぼうぜん》としている耀姫を見つめ、李安の細い眉が微かに上がる。

「急がなければ間に合いません。さあ」

腕を摑《つか》んでその場に引き立たされ、李安は見た目よりは腕の力もあるのだなと、耀姫はまだ呑気《のんき》にそのようなことを考えていた。

「歩けないようでしたら、近くまで私が抱きかかえてお連れいたしましょうか？」

冗談ではなく本気で、腕に抱え上げられてしまいそうになり、慌てて後ろに飛《と》び退《の》く。

「よ、よい！　そんなことをしてもらわなくとも、妾《わらわ》は一人で歩けるっ！」

しかし力の抜けた足は上手《うま》く動かず、ヨロヨロと頭から灌木《かんぼく》に突っ込みそうになった。

「ほら、無理をなさらずに」

李安の声が背後から迫るので、耀姫は両手足をバタつかせ、必死に抵抗する。

「よいと言っておろうが！　この痴《し》れ者《もの》っ！」

木の間から抜け出し、皆の居る場所に向かって駆け出した耀姫の背中を、いかにも楽しそうな笑い声が追いかけた。

「ははは っ」

その声を耳にして、せっかく動き始めていた耀姫《ようき》の足がぴたりと止まった。

「李安《りあん》！ ……そなた」

黒髪を翻《ひるがえ》してふり返れば、李安はまだ大きく表情を崩して笑っている。これまで一度も目にしたことがなかったその笑顔に、ついに心の全てを奪われたと耀姫は思った。体の動きと共に呼吸まで止まり、瞬《また》きさえもままならない。

まだ少年のあどけなさを残したような、柔らかく優しく甘い笑み。それでいてどこか壊れ物のように、脆《もろ》く儚《はかな》げでもある。おそらく自分はもう、この笑顔から目が離せない――。

胸を摑みあげられたような思いで、耀姫はそう自覚したのに、その極上の笑顔はあまりにも呆気《あっけ》なく、いつもの無表情に覆い隠された。スッと表情を硬くした李安が、次の瞬間にはもう、耀姫に冷たい視線を向けている。

「何をしてらっしゃるのですか、ポカンと口を開けられて……早くしなければ時間がないと申し上げているでしょう！」

無表情どころか、眉間に深く皺《しわ》を刻んだ苛立《いらだ》ち顔にさえ変化して、耀姫を大きく落胆させた。

「なんじゃ、やっぱり鬼か……」

心の中だけで毒づいたつもりがまたも声になってしまい、耀姫は両手で口を押さえ、慌てて李安に背を向ける。

「誰が……鬼ですか？」

「ぎゃあああっ！」

怒りに満ちた声が追いかけてくるので、しまいには口を覆っていた手さえ放し、本気で走って逃げなければならなくなった。耀姫は悲鳴をあげながら、夢中で駆け続けた。

故に耀姫の後を追いながら、李安がまた時折、笑っていたことは、完全に彼に背を向けていた彼女には知る由もない。


饗宴《きょうえん》の会場となった宝泉宮《ほうせんきゅう》の園林《ていえん》には、豪華な料理の並んだ円卓がいくつも準備されていた。予めそれぞれの席は決まっているが、途中で自由に移動してもいい決まりらしく、耀姫の隣の席であったはずの宝妃《ほうひ》は、今は別の円卓にいっている。自《おの》ずと彼女の取り巻きもその後を追い、耀姫は広い円卓に一人きりで残された。

これでは李安に課された目的を果たすことができないと頭を抱えていると、頭上からなんとも印象的な声がかかる。

「ここに座らせていただいてもよろしいかしら？　どうしても自分が一番じゃないと気が済まない方相手にも、毅然と接するお姫様とお話がしてみたくて……」

「私もぜひ……」

顔を上げて見てみれば、実に対照的な二人が立っていた。一人は色鮮やかな朱色の長襦《ちょうじゅ》の襟を大きく寛《くつろ》がせて、魅惑的に着崩している妖艶な美女。もう一人は精緻な刺繍《ししゅう》が施された白地の長襦を着た、細身でたおやかな印象の少女。耀姫《ようき》はドキドキ逸る胸を抑えながら頷いた。

「う、うむ。どうぞ」

「ありがとうございます。私は彩妃《さいひ》。こちらは瑞妃《ずいひ》様です。私たちも陛下を真似て、『綺羅姫様』と呼ばせていただいてもよろしいですか？」

「ああ」

思いがけず四妃《しひ》の二人が話しかけてきてくれたことに感動しながら、耀姫は隣の席に彼女たちを迎えた。成熟した大人の雰囲気を漂わせる瑞妃が、円卓の甘露酒の酒杯に手を伸ばす。

「新しい妃様に乾杯。綺羅姫様は飲まれませんの？」

「はあ……」

香油の濃い香りと色鮮やかな化粧に圧倒される思いで、若干体を後ろに引いていた耀姫に、瑞妃はグッと顔を近付ける。

「それにしても美しい！　それになんて綺麗な肌……このままでは新しい妃に負けてしまいますと、宮女《きゅうじょ》たちが騒ぎ立てるはずだわ……」

「そうですね」

「あの……」

瑞妃と彩妃に顔を見合わせて頷かれ、耀姫は戸惑わずにいられなかった。

「お二人こそお美しいと、妾《わらわ》は思うのじゃが？」

思ったままを口にすれば瑞妃の方に、パチリと片目を瞑《つむ》りながら肩を竦められる。

「私の場合は完全に化粧。毎日日の出前から半日近くかけて、宮女三人がかりで作り上げているの」

「半日！」

思わず大声をあげてしまい、気分を害させてしまったのではと耀姫は焦った。しかし瑞妃は、まったく気にしていない様子だ。隣で彩妃もクスクスと笑っている。

「でも、多少の汗をかいても崩れない特別な顔料まで使って、毎日念入りに仕上げているのに、まったくの無駄なのよねえ……」

「…………？」

何の話なのだかよくわからず、耀姫は首を捻る。彩妃がふいに、耀姫に顔を近づけてきた。

「私も……毎日工夫を凝らしたお食事や、珍しいお酒などもご準備しておりますが、宮女たちの頑張りが無駄になるばかりで……もう諦めております。やはり陛下も、高貴なお血筋で、お美しい方のほうがいいのでしょう」

深々とため息をつきながら、意味深な視線を向けられ、耀姫は堪えきれずに問うた。

「なんの話じゃ？」

自棄になったかのように次々と酒杯を煽る瑞妃《ずいひ》が、すっと空になった酒杯を掲げる。

「もちろん、陛下のことよ」

元々濃く頬紅の塗られていた顔は、酒のせいで更に赤くなり、目もどこか焦点が合わなくなりつつあるようだ。彩妃《さいひ》に再び意味ありげな微笑を向けられ、そこに至ってようやく、耀姫《ようき》は二人がなんの話をしているのかに思い当たった。

「あ！　ああ！」

おそらく国王の来訪が少ないことを嘆き、二人は耀姫を羨《うらや》んでいるのだ。しかしそれに関してならば、耀姫もまた彼女たちに同調こそすれ、羨まれるような立場ではない。

「いやいやいや！　妾《わらわ》のところには、まだ一度も訪れがないのじゃ」

「「え？」」

さすがに、驚きの声が二つピタリと重なった。

「だって……輿入れなさってもう二月以上ですわよね？」

「ああ」

「それなのに、一度も……ですか？」

「うむ」

正直に答えた方がいいのか、それとも多少言葉を濁した方がいいのか、戸惑いながらも耀姫は頷いた。

瑞妃と彩妃は視線を交し合い、それから揃って南の一際大きな円卓へと、顔を向け直す。

「どうやら四妃《しひ》が揃っても、やっぱりあの方の独り勝ちのようね……」

「そうですね」

「いったいどこがいいのかしら？」

「瑞妃様！　聞こえてしまいますよ」

ひそひそと囁き合っている二人の間に、耀姫も額を割り込ませた。

「あの……つまりその……陛下は、宝妃殿《ほうひどの》のところにばかり通っておられるのか？」

彩妃と瑞妃が同時に頷いてみせる。

「おそらく……ご本人に確かめたことはありませんが、よく『陛下は……』と嬉しそうに話されますし、私たちより頻繁にご来訪があることは確かですわ」

「しかし、なぜ……？」

彩妃も瑞妃も耀姫の目から見ればそれぞれに魅力的で、宝妃一人が寵愛される理由がわからない。詳しい話を聞いてみたかったが、目線で制され、それまで頭を近付けて内緒話をしていた二人が、それぞれの椅子に座り直した。

耀姫も顔を上げて前を見る。広い園林《ていえん》を突っ切って、こちらの円卓へと向かってくる宝妃の姿が見えた。それでこの話はしばらくお預けになったのだと察した。

「妃《きさき》が三人揃ってなんのお話ですの？　私も交ぜていただけますかしら？」

宝妃《ほうひ》は相変わらず表情は笑顔だが、目はまったく笑っていない。まるで咎めるかのような口調で、視線は射るように、三人を順番に睨みつける。

二人はなんと言って誤魔化すのだろうかと耀姫《ようき》が肝を冷やしていると、瑞妃《ずいひ》が思いがけなく、ありのままを口にした。

「どうしていつも陛下は、宝妃様の元にばかり通われるのかと、羨《うらや》んでいただけですわ」

驚いてふり返れば、瑞妃はとろりとした目で宝妃を見ている。酔いが回り、自制が効かなくなっているのだと思い当たり、耀姫は血の気が引くような思いだった。

「え？」

案の定表情を厳しくした宝妃と、これ以上放っておくと何を言い出すかわからない瑞妃を、彩妃《さいひ》はオロオロとして見比べるばかり。

耀姫は決死の思いで、瑞妃を背に庇い、その場に立ち上がった。

「瑞妃殿がおっしゃりたかったのは、宝妃殿はそれほど陛下に愛されるに相応《ふさわ》しい、実に素晴らしいお方だということなのじゃ！　いつもお美しく、妾《わらわ》のような新参者にも優しく、皆のためにこのように楽しい場も設けてくださる。まこと非の打ちどころのない立派な妃じゃ！　妾らも、見習わなければと……のう、彩妃殿！」

「は、はい。私もここに来た時から、ずっと憧れておりました」

耀姫の目配せに気付いて、彩妃も慌てて助け船を入れてくれたが、二人してあまりにも褒め過ぎだっただろうか。少し不安になる。

しかし、それまで怒りに眉を吊り上げていた宝妃は、二人の言葉であからさまに表情を和らげた。これまで見たこともない満面の笑みで、耀姫と彩妃に微笑みかける。

「そのようなこと、いくら真実でも、面と向かって言われると恥ずかしいですわ……ほほほっ」

すっかり上機嫌で、円卓に突っ伏して寝てしまった瑞妃の失言も、もう忘れてしまっている。

耀姫はホッと胸を撫で下ろした。

（良かった……李安《りあん》の紙片に『褒めろ』と書いてあった通りじゃ……）

ぞんぶんに自慢話を披露してから、すっかり満足し、宝妃は悦に入りながら帰っていった。

精神力と体力を根こそぎ奪われたような心持ちで、耀姫はもうその場から動きたくもなかったが、彩妃は宝妃の後を追い、今後のためにもう少し機嫌を取っておくと言う。

細やかな心配りに感嘆しながらも、耀姫は李安の紙片に書かれていた『相談しろ』の言葉を思い出し、彼女を今少しと、引き留めて話しかけた。

「彩妃殿と、瑞妃殿のおかげで、今日は思いがけず楽しい時間が過ごせた。お礼を申す。またぜひ、お会いいたしましょうぞ。ところで折り入って相談したいことがあるのじゃが……」

「なんでしょう？」

耀姫《ようき》が予《あらかじ》め予想したよりも早く、間髪入れずと言った速度で、彩妃《さいひ》は耀姫の手を握った。心なしその表情が活き活きとして見える。

「私にできることでしたら、なんなりとお答えいたしますわ」

本当に人から相談されることが好きなのだなと、耀姫は感嘆した。ひとまず何を尋ねようかと考え、実際にずっと気になっていた事柄を口にする。

「何故に宝妃殿《ほうひどの》のところにばかり、陛下は通われるのであろう？　妾《わらわ》はともかく、彩妃殿《さいひどの》や瑞妃殿《ずいひどの》は非常に魅力的だと思うのじゃが……何がそれほど陛下を惹きつけるのか、それがわかれば、妾がこれから何を努力したらいいのかもわかる気がして……彩妃様はどのように思っておられるのじゃ？」

「私は……」

言いかけた途中で、彩妃は顔を真っ赤にして黙り込んだ。散々迷った末に、消え入りそうな声でその後を続ける。

「おそらく宝妃様は、房中術《ぼうちゅうじゅつ》に抜きん出ていらっしゃるのだと前々から思っていたのですが」

「房中術？」

聞き慣れない言葉を耳にし、無遠慮にくり返した耀姫の口を、彩妃は涙目になりながら必死に両手で塞いだ。

「これはあくまでも、仮定の一つですから！　真実とは限りませんし、どなたにもおっしゃらないでくださいませね。ではっ」

慌てて駆け去っていく華奢な背中を、耀姫は呆然と見送った。

「……房中術とはなんじゃ？」

ふいに背後で人の動く気配がする。

「嫁いでこられる前に、女官《にょかん》たちからの指導はなかったんですの？」

酔いつぶれて眠っていた瑞妃がようやく目を覚ましたところだった。会話を聞かれていたことは彩妃に申し訳なかったが、瑞妃ならば教えてくれるのではないかと期待して、耀姫は素直に答える。

「うむ……ちと訳があって、祖国では妾の傍に長く務めてくれる女官は居なかったのじゃ。お陰で常識に欠けるところがあるらしく、ここに来てからの教育係には怒られてばかりじゃ。房中術とはどのようなことじゃ？　妾に教えてくださらぬか？」

「ええっ？　私じゃちょっと……」

困ったように首を振った瑞妃は、次の瞬間、さも良いことを思いついたとばかりに瞳を輝かせた。耀姫の首に両腕を回し、豊満な胸を押し付けるようにして抱きついてくる。

「な、なんじゃ？」

焦って逃げようとしたが無駄だった。酒の匂いをぷんぷん漂わせながら、瑞妃が耀姫の耳元に唇を寄せる。

「ねえ……その、ここに来てからの教育係って、男ですの？」

酒と香油の香りが混じりなんとも強烈だったが、耀姫《ようき》はかろうじて頷いた。

「そうじゃが……」

「だったら実施で教えてほしいと、お願いしてみて……きっとすぐに教えてくれますわよ」

「そうだろうか？」

「ええ、実は私も時々、従者たちにお願いしていますの。でもこれは、二人だけの秘密ですわよ。ぜひ綺羅姫様も、その教育係とやらに実施で教えてもらって、それから私と秘密を共有しましょう。今度お会いする時には、感想をお待ちしてますわ」

「あいわかった」

力強く頷く耀姫を、まだほんのりと顔の赤い瑞妃《ずいひ》が嬉しそうに見返す。

これで瑞妃と秘密を持つこともでき、李安《りあん》から出された三つの指示をこの饗宴中にすべて実行できたと、耀姫は実に晴れがましい気分だった。


「ということで……その『房中術』というものをそなたから教えてほしいのじゃ、実施で」

そっと宴の席を抜け、大木の林の中に再び戻った耀姫は、そこに現れた李安と対峙《たいじ》するやいなや、真っ先にそう告げた。

しかし何故《なぜ》だろう。いつもならばすぐに返答をくれる李安が、凝り固まったかのように硬直したまま、いつまでも口を開かない。それどころか瞬きする事さえ忘れてしまったかのような完全な硬直具合に、耀姫はふと不安になって首を傾げた。

「どうしたのじゃ？　そのようなおかしな顔をして」

「おかしな顔にもなるでしょうっ！」

珍しく激昂《げっこう》した李安は、まるで悪夢を振り払うかのように何度も首を左右に振った。溜《た》め息《いき》をくり返した末に、仕方なさそうに再び耀姫に顔を向ける。

色味の薄い白い肌が、心なし常より色付いているように耀姫は感じた。

「姫様、房中術とはどのようなものか、ご存知なのですか？」

訊《たず》ねる口調に、責めるような気配を感じ、耀姫はしゅんと首を竦める。

「いや、実は今日初めて聞いたのじゃ。だから何もわからぬ。すまぬ」

「いえ。謝られるようなことではないのですが……」

そう言ってはくれるものの、李安の様子はあまりにもおかしい。房中術とはそれほど難しいものなのか。純粋な好奇心も手伝い、耀姫は願うように両手を胸の前で組んだ。

「頼む、李安。そなたしかおらぬのじゃ、妾《わらわ》にも教えてくりゃれ」

懸命な耀姫の様子に、李安は溜め息を吐きつつも頷いた。

「わかりました。ならば書物を使って教えられるように、明日にでも準備しておきますので」

「ならぬ！　教育係であるそなたから実施で教えてもらうと、妾は瑞妃殿と約束したのじゃ！」

そこだけは声を大にして、耀姫《ようき》は主張せずにはいられなかった。必ずや教育係に実施で教えてもらい、その感想をぜひ後日に聞かせてほしいと、瑞妃《ずいひ》は何度もくり返していた。

実施ではなく知識として習うだけでは、瑞妃との約束を果たしたことにはならない。せっかく築けた友好な関係を、壊してしまうことはなんとしても避けたく、耀姫は必死に李安《りあん》に食い下がった。

「頼む李安！　もしそなたが無理なら他の宦官《かんがん》でも……と瑞妃殿はおっしゃっていたが、妾《わらわ》はそなたがいいのじゃ。そなたならば何をやっても上手であろう？」

うまく褒《ほ》めて快諾してもらおうという耀姫の思惑に反し、その言葉を耳にした途端、李安の顔つきが険《けわ》しくなった。戸惑いよりも怒りのような感情の方が大きくなってしまったようで、これは道を誤ったかと耀姫は焦る。

「ひょっとしてこればかりは、そなたも苦手なのか？」

恐る恐る尋ねてみると、即座に言い返された。

「そのようなことはございません！」

そのあまりの早さに驚きながらも、耀姫は少し嬉しくなる。

「ならばやはり李安がいい！　そなたに頼む」

「姫様……」

今度こそ李安は、顔を真っ赤に染めて俯《うつむ》いてしまった。

大木の間を吹き抜ける風が、耳に心地よい葉擦れの音を届ける。繁《しげ》みを一つ抜けた先では未だ宴もたけなわだというのに、こうして李安と二人きりで静かな場所に佇《たたず》んでいることが、耀姫も急に気恥ずかしくなってきた。

その思いに追い打ちをかけるかのように、李安が次第に間合いを詰めてくるので、思わず後退《あとずさ》ってしまう。

「わかりました、姫様。それでは私が……」

「う、うむ」

あまりにも真剣な眼差《まなざ》しにズキリと胸を射られながら、更に後ろに下がる。その瞬間、またもや玉砂利に沓《くつ》が滑り、耀姫は大きく体の均衡を崩した。

「ああっ！」

「あああっ！」

咄嗟《とっさ》に李安が袖を摑《つか》んでくれようとしたが、今回ばかりは間に合わなかった。折しも背後に広がっていた水路の中へと、耀姫は大きな水飛沫《みずしぶき》を上げて座り込んだ。幸い水位はほんのわずかしかなく、特に怪我《けが》もなくずぶ濡れになった程度で済んだが、李安はひどく狼狽《ろうばい》した。

「姫様！　早く！　早く私の手を摑んでください！」

「……うむ」

それほど血相を変えるほどのことではないと思いながらも、耀姫《ようき》は李安《りあん》の差し出した手を掴んだ。李安はすぐさま耀姫を水の中から引き揚げ、両腕の中に抱きとめたが、耀姫が恥ずかしさと緊張で音《ね》を上げるまで、その腕を自分から解こうとはしなかった。

「李安？　李安……どうしたのじゃ？」

耀姫に問いかけられて、ハッとしたように顔を上げる。その白皙《はくせき》の美貌は、いつも以上に色を失って青いほどだった。

「いえ。実は私、少し水が苦手でして……取り乱してしまい、申し訳ありません。いや、それよりも……私が付いていながらお助けすることもできず、申し訳ありません！」

「いや、そなたが気にすることではない。実はこのようなことは、祖国に居た頃から特に珍しいことでもないのじゃ。妾《わらわ》はもう慣れっこじゃ」

それでも水に濡《ぬ》れた襦裙《じゅくん》は重く冷たく、耀姫がくしゅんと小さくくしゃみをすると、李安が自らの長袍《ちょうほう》を脱ぎ、肩に掛けてくれる。

「よいわ！　それではそなたが寒いではないか」

「いいえ。お願いですから着ていてください」

どこか困った表情の李安の視線を追い、濡れた衣が肌に張り付いて、体の線も露《あら》わになっている自分の状況に耀姫はようやく気が付いた。

李安の貸してくれた長袍を、慌てて胸元でかき合わせる。

「すまぬ。やはり借りる」

「どうぞ」

ようやく冷静さを取り戻したらしい李安が、耀姫から目を逸らしながら頷《うなず》いた。

「それでは私は、宴の途中ではありますが、こういった事情なので退席させていただきますと、宝妃《ほうひ》様にお伝えして参ります」

そのまま背を向けて繁みの向こうに行ってしまいそうな李安に、今のうちに念を押しておかなければと耀姫は慌てて追《お》い縋《すが》った。

「あ、や！　待て李安」

しかしあまりに勢いがつき過ぎ、背中に抱きつくような格好になってしまう。李安の体が、再び緊張で固まってしまったことには、しがみついている耀姫も気が付いた。しかしそれは耀姫も同様。動転するあまり、すぐに離れればいいのだということにさえも、まったく考えが及ばない。

「や！　あ！　すまぬ！」

「いえ！　私こそ！」

お互いに何を謝っているのだかわからぬような状態で、それでも寄り添った背中が温かくて頼りがいがあることだけは、耀姫にもよくわかった。

このような格好で念を押すことが、どれほど李安にとって残酷であるかなど、まったく計算もなくただ素のままで、耀姫《ようき》は純粋にくり返す。

「……房中術。そなたが妾《わらわ》に教えてくれるよな？　実施で」

背に頬を付けたままの耀姫にもわかるほどに大きく息を吐いて、李安《りあん》は頷いた。

「はい。わかりました」

さすがに根負けしたといった雰囲気だった。

「ありがとう！」

感謝の思いを込めて一際ぎゅっと背中にしがみついてから、耀姫は李安と離れる。

「それでは今宵《こよい》、私が改めて姫様の臥室《しんしつ》をお伺《うかが》いいたしますので、莉香《りこう》や愁夜《しゅうや》たちには、今日は自分の房室《へや》に帰って休むようにと伝えておいてください」

「臥室？　居室《いま》ではなく？」

いったい何故なのだろうと、瞳を瞬かせる耀姫をふり返り、李安がまた大きく嘆息する。

「やはりやめませんか、姫様？」

「いやじゃ！」

「そうですか」

即座に返答する耀姫に何度も溜め息をくり返しながら、李安は足を引《ひ》き摺《ず》るようにして、今度こそ繁みの向こうへと消えていった。

第三章

夕食も終わり、従者たちも皆、各々に与えられた房室へと帰っていった深夜。李安は約束通りに耀姫の臥室を訪れた。

「莉香たちにも自分の房室に帰って休むよう、ちゃんと伝えられましたか？」

「あ、ああ」

そこに居るのはいつもと同じ李安のはずなのに、こちらに視線を向けられる度に、耀姫の心臓がドキドキとうるさいのは何故なのだろう。

昼間とは違い、燭台《しょくだい》の灯《あか》りしかない薄暗い室内なので、髪の色や目の色が別人のようにも見えるせいかもしれない。

まるで自分に言い聞かせるかのように、耀姫は心の中で何度もそうくり返していた。

決して夜の臥室に二人で居ることに緊張しているからではない。断じてない――。

「何をしておられるのです。牀榻《しんだい》の上にお上りください」

「え？　牀榻？」

「そうです。衣はそのままでいいのですか？　自分で脱がれます？　それとも……」

言いながら房室《へや》の奥にまで歩いてきた李安《りあん》は、榻《ながいす》に座ったまま戸惑っている耀姫《ようき》の前に辿り着き、盛大にため息をついた。

「やはり、止めませんか？」

ここまできてくり返されるので、耀姫は意地になって首を振る。

「いや、やると言ったらやるのじゃ！　牀榻《しんだい》の上に乗ればいいのじゃの」

勢いよく立ち上がった耀姫は、そのままの勢いで牀榻に向かおうとした。しかし李安が目の前に立ち塞がり、軽々と両腕に耀姫を抱き上げてしまう。

「なっ、なんじゃ？」

「もういいです。私が連れていきます」

半ば自棄《やけ》になったような口調に、どこか不安を感じずにはいられなかったが、耀姫にとってはそれよりも、今は抱き上げられた体の方が大問題だ。

「よ、よいのじゃ！　妾《わらわ》は重いであろ」

「そのようなことはございません」

「嘘《うそ》じゃ！　そなたは嘘をついておる」

「こんなことで嘘をついてどうするんです。それよりも暴れないでください。落としてしまいます」

ギュッと耀姫の体を抱き直した李安の手が、薄い衣を二枚重ねただけの夜着《よぎ》越しに、胸の膨らみに軽く触れる。

「…………！」

「痩せてらっしゃるようですが、意外と、出るべきところはちゃんと出ておられるのですよね。昼間もかなりドキドキしました」

淡々と感想を述べられて、耀姫は怒りのあまり、頭がぐらぐらと沸騰してしまいそうだった。

「李安！　この痴《し》れ者《もの》っ！」

しがみついていた首から手を放し、抗議のために肩を叩こうとすると、牀榻の上に軽く仰向《あおむ》けに転がされる。

「…………え？」

上から圧し掛かるような体勢で、李安もすぐに牀榻に上ってくるので、逃げようと耀姫は上へ動いた。しかしすぐに壁に突き当たり、もうそれ以上は逃げ場がなくなる。

「な、なんじゃ？」

焦って絹の衾《ふとん》を摑《つか》んだ手はすぐに李安に捕まり、てのひらを重ねて握り合わされた。両手を縛《いまし》められた耀姫は、褥《ふとん》の上でまったく身動き取れない。

「李安？」

恐る恐る呼びかけてみれば、溜め息をつきながらではあるが「はい」と返事がくる。燭台《しょくだい》の灯《あか》りが背になって表情がよく見えず、まるで別人を見上げているような気分だった耀姫《ようき》は、声を耳にしてホッと安堵《あんど》した。

「やっぱり止めますか？」

乱れた前髪をかき上げてくれながら李安《りあん》が問いかけてくるので、耀姫はその心地よさに目を閉じる。少し冷たい李安の指は、いつも肌に心地いい。特に今は、このような場所でこのような格好になって、これからいったい何をされるのかと、体の熱がどんどん上がり始めていた時だったので、余計に冷たく感じる。

「いや。止めない」

不安ながらもきっぱりと答えると、その李安の指が耀姫の衣の襟の合わせ目にかかった。

「わかりました」

言葉と同時にグイッと引き下げられた襟元から、真白い肌が曝《さら》け出される。

「な、なにを……」

「房中術というのは、閨《ねや》の中でどのようにふるまうのかという学びです。更に言うならば、男女が肉体的に、どのように愛し合うのかという具体的な行為を指します……止めますか？」

「………！」

まさかそのようなことを李安に実施で教えてくれと迫っていたとは知らず、耀姫は絶句した。頭の中が真っ白になり、言葉が上手《うま》く出てこない。

その間にも李安の手は、耀姫の帯を緩め、襟をくつろげ、長襦《ちょうじゅ》と共に内衣《うちごろも》も、すべて肩から落としてしまう。

何も身に着けない上半身を李安の目の前に晒《さら》されてしまいそうになり、耀姫は慌てて胸元をかき合わせた。

「待て、待っ……て……んっ……」

言葉を奪うように唇に何かが覆《おお》い被《かぶ》さってくる。それが李安の唇だと気付いて、耀姫は固く両目を瞑《つむ》った。

（李安っ！）

唇はすぐに離れていったが、重なっていた間呼吸を止めていた耀姫は、はあはあと大きく肩で息をしながら、恨みがましく李安の顔を見上げることしかできない。

真《ま》っ直《す》ぐに自分を見下ろしたまま、遠くなっていく淡い色の瞳を見ているうちに、眦《まなじり》に熱いものがじわりと浮かんできた。

「な……ぜ……」

「あなたがそれを聞かれますか？　お止めしたのにどうしてもとおっしゃったのは姫様でしょう？」

「そうじゃが……」

まさか房中術というのが、このようなものだとは思いもしなかった。悔しい思いで胸元を両手で押さえたまま、耀姫《ようき》は目を見開く。こんなことで泣いたりなどしない。涙を流した姿を李安《りあん》の前に晒《さら》しはしない。たとえ今のが、耀姫にとって生まれて初めての口づけだったとしても——。

「もうおわかりになったでしょう？　房中術は、実施で教えてもらうべきことではありません。知識だけならいくらでも私が授けますので、それを実施するのはどうか、いつか陛下がこの宮《みや》にお見えになった時にしてください……姫様は陛下の『妃《きさき》』なのですから」

「いやじゃ！」

反射的に叫んでしまってから、耀姫はようやく自分の本心に気が付いた。

李安に「妃」と呼ばれる度、チクリと胸が痛んだのは何故《なぜ》なのか。婚姻の儀の最中も、彼の姿を探さずにいられなかったのはどうしてか。花婿選定の花毬《はなまり》を李安が二度も手にした時、何故にあれほど胸が脈打ったのか。思いがけずこの後宮で再会して、どうして幸せな気持ちになったのか——。

すべてに納得がいったからこそ、もう拒否の言葉しか出てこなくなった。

「いやじゃ！　いやじゃ！　いやじゃ！」

王の妃なのだからと李安に諭《さと》されるのも、自分が本当は誰のものなのかと何度も思い知らされるのも、もうたくさんだ。

「だって王は、いつまで経《た》っても妾《わらわ》のところに来ないではないか！　本当はそなたも知っているのであろう？　この先もずっと来ないのであろう？」

「そのようなことは……」

　ないとはっきり言い切らないのが、李安の悪いところだ。都合の悪い話の時、いつもは歯切れのいい李安の言葉が、決まって煮え切らなく小さくなる。そのことにならば、耀姫はもうかなり以前から気が付いていた。

　口では文句を言いながらも、耀姫の要求には必ず応えてくれることにも。耀姫が困った時には必ず助けてくれることにも。全てが大きく心を揺さ振り、強く胸に焼きつかずにはいられなかったからこそ、好きになった。

　そう――もうとうの昔から、耀姫は李安のことがずっと好きだった。

「妾はそなたから房中術を実施で学ぶ。そしてそれを、いつか王がここに来た時にきっと役立ててみせる。そのために学ぶのじゃ。文句があるか？」

「姫様……」

　軽く息を呑《の》んだ後、李安は首を左右に振った。まるで何かを切り替えたかのように――。

「いいえ、ございません」

　言葉と共に首筋に当てられる唇。耀姫の口から、「……あ」としどけない悲鳴が漏れる。

「李安……」

　呼んでも答えはなく、ただ唇が体の上を移動していくばかりだった。首から鎖骨。更にその下へと。胸の膨らみを頑《かたく》なに隠し通そうとしていた腕は解かれ、多少強引に左右に広げられる。

「あっ……やっ……」

躊躇《ためら》うことなく胸元に滑り込んできた手は、衣の合わせを大きくはだけ、まだ誰にも見せたことのない耀姫《ようき》の胸の膨らみを、臥室《しんしつ》の薄暗がりの中に晒《さら》した。

「やっぁ……」

羞恥に顔が赤らむ。その様子を見られたくなくて、大きく顔を横に背ければ、うなじにまた唇を這《は》わされる。薄い唇と冷たい指先での愛撫《あいぶ》は、耀姫の肌が熱く火照り、唇からしどけない吐息が漏れ始めるまで、飽くことなくくり返された。

「やっ……あっ……ぁ」

あまりに肌が敏感になり過ぎて、時折李安《りあん》の衣が触れるだけで、甘い息が喉をついて出てしまう。ふうっと耳元に息を吹きかけられ、肌が粟立《あわだ》ったことは耀姫自身にもわかった。

「ここがこうなっているのを、以前にも感じたことがありますか?」

指先で胸の先端をつま弾かれ、それが今どういう状態になっているのかもわからぬままに、耀姫は悲鳴をあげる。

「ひゃうあっ!」

「女性が心地良いと感じてくると、このように固くしこり、尖るのです」

「そんな……ぁ……!」

　二本の指で摘まむようにして挟まれたように感じ、耀姫は恐る恐る自分の胸元へと視線を下ろした。しかしとても正視できない。李安の手の中で、自分の体がこれまで想像したこともなかったような形へと変化していく。

「いやあっ」

「いやではなく。こういう時は、『いい』と言うのです」

「……いい？」

　訝《いぶか》るようにくり返すと、胸の先端の蕾《つぼみ》を弄《いじ》る行為が、同時に反対側の膨らみにも及ぶ。

「そう」

「やっ！」

「いやではなく……姫様」

　催促するかのように指先に力を込められ、耀姫は仕方なくその言葉を口にした。

「いいっ……」

「そうです」

　よくできたと言わんばかりに、李安のてのひら全体が胸の膨らみを包み込んだ。散々に先端を刺激されたその部分は、まだ優しい触れ方であっても、腰の力が抜けてしまいそうなほど、体の芯に快感を与える。耀姫は我知らず瞳を閉じた。

「触るだけでなく口に含むと、より心地いいそうですよ。やってみましょうか？」

「え？　無理……無理じゃ……」

こうして捏《こ》ねられているだけでどうにかなってしまいそうなのに、これ以上などとんでもない。耀姫《ようき》はかなり本気で拒んだのに、李安《りあん》はサラリと髪を揺らして耀姫の胸元に顔を埋めてしまった。

ぬるりとした温かなものが、あまりに弄《いじ》られ過ぎて未《いま》だにジンとした痺《しび》れを残したままの右胸の先端の蕾を、柔らかく包み込む。

「李安っ……！」

頭を胸から引《ひ》き剥《は》がそうと暴れる行為は、何の助けにもなってはくれず、ただ耀姫を涙声にするばかりだった。

「いやっ、いやじゃあっ……あっぁ」

右の胸を咥《くわ》えられながら、左の胸を荒く揉《も》まれる。嫌なはずなのに体の奥には甘い疼《うず》きが走り、耀姫は声をあげて叫ばずにはいられない。

「やっあ……あぁっ！」

「いくら人払いしても、それでは訝《いぶか》って誰かが来てしまいますよ、姫様。それに『いや』ではなく、なんと言うのでしたか？」

舌先で器用に蕾を転がしながら、李安が冷静に問いかけてくる。

どれほど抑えようとしても口をついて出てしまう嬌声《きょうせい》を、歯を食いしばって堪えながら、耀姫は左右に激しく首を振り、その言葉を口にした。

「いいっ……んっ……う」

トロリと何か温かなものが体の中から流れ出し、下肢を伝って落ちていく感触があった。しかしそれがどういうことなのか、耀姫にはまだわからない。

「よくできました。それではもっとよくしてさしあげましょう」

胸の形が変わるほどに強く握った左胸の先端へと、李安が狙いを変える。

「ああっ、あ！」

更なる快感への恐怖でか、期待でか、これまで以上に固く尖り微かに震える先端の蕾を、ねっとりと口腔《こうこう》内に含まれる。またもや、えも言われぬ感覚が、耀姫の体の奥深くに湧き上った。

「ううっ……んっ……んあ」

声を出さずにいようとすればするほど、逆に皮膚の感覚は鋭くなり、わずかな刺激にも大きく体をしならせて悶《もだ》えてしまう。舌と指とで存分に胸を蹂躙《じゅうりん》する李安の行為は、耀姫の体からすっかり力が抜けきるまで、飽くことなくくり返された。

李安の手によりスルスルと全ての衣を腕から抜かれても、褥《ふとん》の上にしどけなく横たわったまま、耀姫にはもう起き上がることさえできそうにない。

見事に括《くび》れた腰の線から臍《へそ》を通って反対の括れへと、冷たい指先が何度も行き来した。

「体の全ての部分に手を這わせることもありますし、唇を寄せることもあります。やってみますか？」

「いいっ……もう……おかしくなるっ……」

「おかしくなっていただいても、私はまったく構わないのですが……」

あえて生真面目に返答しながら、李安《りあん》が耀姫《ようき》の腰の辺りに溜《た》まっていた衣に手を掛ける。それをそのまま下げられそうになり、耀姫は慌てて力の入らない手で阻止しようとした。

「待て！　何をするのじゃ！　それでは一糸まとわぬ姿になってしまうっ」

李安は無情にもその耀姫の手をふり払い、素早く腰紐《こしひも》を解く。

「もちろん多くの場合、その一糸まとわぬ姿で愛し合うのです。男女は」

言葉を証明するかのように、いとも簡単に李安は耀姫から衣を剥《は》ぎ取《と》っていく。しかしその彼の方は、未だに袍《ほう》の一枚も脱いではいない。

「そなたは、着ているではないか！　これでは不公平じゃっ！」

「仕方がないです。我々は愛し合っているわけではないのですから」

「……愛し合っているわけではない？」

「そうです。これは『房中術』の練習。姫様は今、私からそれを実施で学んでおられるだけなのでしょう？」

「そ、そうじゃ！」

負けん気を出してそう言い切った耀姫は、自分自身の首を絞めたにすぎなかった。

「でしたら私が衣を脱ぐ必要などありませんね。その代わりに姫様には、存分に教えて差し上げますよ。気が済まれるまで」

どこかゾッとするような冷たい声音でそう告げた李安は、耀姫が一番触れて欲しくなかった場所へと手を滑り込ませる。脚と脚の間。耀姫が必死に力を込めて、拒絶しようとしても何の意味もない。

「ダメじゃ！　そのようなところ……っ！」

「何故です？　本当はここでどのようなことをするのか、知っておられるのではないですか？」

「知らぬ！　本当に知らぬけれどっ……あ」

秘めたる場所を指先で探り当てられ、濡《ぬ》れた割れ目をかすかに開かれた。

「やっ……あ」

「姫様、ここを誰かに触《さわ》られたことは？　このように」

李安の冷たい指が秘裂を上から下へ、下から上へと何度もなぞる。とうの昔に潤《うるお》いを得ていたその場所はたったそれだけの行為で更に潤いを増し、体の奥から熱い液体が溢《あふ》れ出《だ》す感覚が耀姫にもわかった。その潤いが、李安の指の動きをますます滑らかにしていく。

「ない……誰にもっ……な、あっ！　当たり前ではないか……っ」

「私が初めてですか？」

　聞かれるままに言葉を口にすればするほど、触れられている場所の滑《すべ》りは増し、恥ずかしいほどの水音が耀姫《ようき》の耳にも届くまでになった。

「光栄です」

　そっと耀姫に頬を寄せた李安が、唇に唇を重ねる。その瞬間に下の唇も、切なげに李安の指先をきゅっと締め付けた。つられるようにほんの少し、李安の指が耀姫の中に挿入《はい》り込む。

「あっ……あ！」

「わかりますか？　ここで本来なら、相手の体を受け入れるのです」

　知らしめるように浅く指を出し入れされ、我知らず耀姫の喉から甘えたような声が漏れる。

「あんっ……や、ぁ……」

　李安はゆっくりと何も受け入れたことのない肉洞を指で押し開き、引き抜いてをくり返した。

「そうではないでしょう姫様」

「んんっ……いい……？」

　戸惑いながらも耀姫がその言葉を口にした途端、李安の指の動きが激しさを増した。

「はあっ！　ぁ……あぁ……んっ！」

　耀姫は狂ったように首を振り、李安の腕にしがみつき、指を出し入れされる箇所から否応《いやおう》なく駆け上ってくる快感に、なんとか抗《あらが》おうとする。

「李安っ……りあ……っ」

請われるままに、李安は再び耀姫に口づけ、何度も唇を重ねた。何度も——。

まるで恋人同士のような深い口づけと、秘めやかな睦《むつ》みあいを重ねながら、耀姫はその実、切なくてたまらなかった。

これまでどのような場面でも、人前では決して流したことのなかった涙が浮かんでこようとする。それは決して嫌悪の涙ではない。浅はかにもこのような行為を李安に強要したことに対する、後悔の涙でもない。ただ純粋に嬉しく、そして悲しかった。

おそらく初めて会ったあの日から、一筋に思い続けた李安と、耀姫は今唇を重ねている。裸の体を抱き締められて、女としての悦《よろこ》びを初めて体に刻まれている。

それは嬉しいことに違いないのに、それと同時に、なんと悲しいことでもあるのだろう。

決して李安と結ばれることはないのだと、耀姫にはわかっているからこそ、胸が締め付けられるように痛んでならなかった。

耀姫は王の妃《きさき》だ。王が彼女の元を訪れることはなくとも、その立場は一生変わることはない。

そして李安は、後宮に勤めるために男であることを捨てた宦官《かんがん》。どれほど願っても決して彼と結ばれることはないのだと知る故に、耀姫はあまりにも無防備に、つい自分の本心を口にしてしまう。

「李安、妾《わらわ》はそなたが好きじゃ……」

「姫様？」

驚いたように耀姫《ようき》を見つめる李安《りあん》が、彼女の中から指を引き抜いた。その虚脱感さえ快感になり、耀姫は肌を震わせた。

「はっあ……っ」

情欲に頰を赤く染めて、涙で潤んだ瞳を伏せる。

「だからいつか王に抱かれるために、房中術を習いたいというのは嘘《うそ》じゃ。妾《わらわ》はそなた以外に抱かれたくなどない」

「しかし姫様、私は……」

表情を強張《こわば》らせる李安の首に腕を回し、耀姫は自らに引き寄せる。

「わかっておる。だからこれは単なる妾の我《わ》が儘《まま》じゃ」

自ら李安に口づけると、すぐにまた口づけ返される。裸の体を強く抱き締められて。

耀姫は、もうこれだけで十分幸せだと思った。好きな相手に気持ちを伝え、それで抱き締めて貰《もら》えたのだから、それ以上何を望むことがあるだろう。

自分は王の妃《きさき》、李安はその教育係の宦官《かんがん》だ。八方塞がりのこの恋にこれ以上の進展など存在しないし、望む気もない。

「妾は、本当はそなたに抱かれたい。そう願っているというだけのことじゃ」

満足の思いで李安の背に両腕を回すと、想像していた以上の力で抱きしめ返された。

「私を、破滅させるおつもりですか？」

「…………李安？」

普段よりかなり低い声の調子に、耀姫は訝《いぶか》って李安の表情を確かめようとしたが、彼が抱きしめた腕を緩めてくれない。

「李安？　どうしたのじゃ？」

もう一度尋ねると、その言葉を奪うかのように唇が重なってきた。

「ふうっ……んっ……う」

貪るように何度も唇を吸い上げられ、隙間から割り入ってきた舌が、耀姫の舌を絡めとる。

「んっぁ……んん」

初めての行為に混乱する耀姫が、自由に呼吸ができるようになるまで、ゆっくりと執拗《しつよう》に唇を重ねる行為は終わらなかった。

そのためようやく唇を解放された時、耀姫は上手《うま》く言葉も出てこないほど全身から力が抜けきっており、茫然《ぼうぜん》自失《じしつ》の体《てい》だった。とろんとした目で李安を見上げると、いつの間にか衣を脱いだ彼が、彼女と同じように夜気に素肌を晒《さら》している。

夢見心地の気分も一度に吹き飛んだような思いで、耀姫は叫ばずにはいられなかった。

「李安？　そ、そなた！」

耀姫が何を言わんとし、しかしそれを口に出せず、硬直してしまったのか。察しの良い李安にはすぐにわかったようだった。しかし、素知らぬ顔でそのまま裸の体を耀姫《ようき》の上に重ねてくる。体重をかけきらないように、優しくゆっくりと――。

それを喜ぶ余裕など、耀姫にあるはずもない。魚のようにパクパクと何度も口を開いては閉じ、なかなか言葉にならない驚きを、なんとか言葉にしようと悪戦苦闘する。

「私がいつ、自分は宦官《かんがん》だと言いました？」

助け船を出すかのごとく、李安《りあん》の方から口にしてくれたことこそ、耀姫が驚きのあまり言葉を失くしてしまった事実だった。

耀姫が想像していたより引き締まってほどよく筋肉の付いた李安の体は、年相応に若々しくしなやかで美しい。そこにはどこも不自然な箇所はない。すなわち宦官となるための去勢の跡などなく、いかにも健康的な男性のままだった。

「いや、だって、しかし……」

確かに李安自身から宦官であると聞かされたことはなく、ただ単に耀姫がそうだと思い込んでいた。――それだけの行き違いだが、実際にこうしてこの目で確認しても、俄《にわ》かには信じ難い。

「まさか後宮に男が居るなどと、思わないではないか！　常識で考えても、男でない男しかいるはずなく……」

「だから、甚《はなは》だ迷惑だと最初に申し上げましたでしょう。男子禁制の後宮に、王の勅命とは言え男の身のままで入れられたのですよ。それもひとえに、あなたを助けるためだという諫言《かんげん》に乗せられて……いやしかし……それも今はもうどうでもいい……」

「李安？」

　李安がこれまでより少し体重をかけて体を重ね直し、二人の肌と肌が密着する箇所が増す。彼が宦官などではなく普通の男性なのだと思い知らされると、ただ体を重ねているだけでも恥ずかしく、耀姫の体温はどうしようもなく上がった。

「まさか今更、やっぱり止めるだなどと申されませんよね？」

「それは……！」

　頭のどこかを掠《かす》めたばかりの考えを鋭く指摘され、耀姫は思わず息を呑《の》んだ。

「止めませんよ。もう止められません。姫様が散々に私を煽《あお》ったのだから、きちんと責任は取っていただきます。泣いても暴れても止めませんから」

　言うが早いか李安の唇が、先ほど執拗に嬲《なぶ》られた胸の頂《いただき》の蕾《つぼみ》へと、また狙いを定めて下りていく。

　そこが再び温かな口腔内《こうこうない》にねっとりと含まれると、耀姫は大きく背をしならせて身悶《みもだ》えた。

「やっ……あっ」

「いやではなく、なんと言ったらいいのか先ほどお教えしましたでしょう？　これから復習です」

蕾《つぼみ》を口に咥えたままその場で話され、耀姫《ようき》はたまらず悲鳴をあげる。

「いいっ……い……んっ！」

「よろしい。合格です」

それでも蕾を解放してはもらえなかった。先ほどはあまり触れることのなかった耀姫の下腹部を、丹念にてのひらで撫でながら、李安《りあん》はその間もずっとコロコロと口の中で、薄桃色の突起を舐《な》めしゃぶっている。あまりにしつこく、すでに感覚が麻痺《まひ》しかけていて、耀姫は涙ながらに解放を訴えた。

「もうっ……取れてしまう……っ」

「そのようなことはございませんよ、ほら」

これ見よがしに李安が蕾を唇に挟み、軽く引っ張ってみせるので耀姫は再び背をしならせる。

「やあっ、あ……いいんっ」

いやと言いかけて慌てて途中で言い換えたことで、おかしな言葉になってしまった甘い喘《あえ》ぎを、李安は満足そうに笑った。

「そうですね。こちらもとてもよさそうですよ」

先ほどよりもよほど濡れている秘所に遠慮もなく手を伸ばされ、耀姫は驚きに腰を浮かせる。

「逃がさないと言っているでしょう」

腰骨の辺りを持って褥《ふとん》の上に引き戻され、そのまま指を受け入れさせられた。泉のように湧き出る愛液のお蔭《かげ》で、先ほどよりも深く侵入した指に、痛みを感じることは無い。

「最後まで責任を持って私が実施でお教えいたします、房中術」

「あっ、ああっ！　……あ」

深々と体内に挿入《はい》り込んだ指に、自分でもどういう作りになっているのだか知らない複雑な器官を探られ、耀姫は切なげな声をあげる。

「凄《すご》いですよ姫様。とても温かくて柔らかくて、私の指を抱き締めようと襞《ひだ》の一つ一つが絡みついてくる。早くここを、私ですべて充《み》たしてしまいたい」

「李安っ……や……っ」

そこまで具体的に、自分の体の状態を教えてなど貰わなくていい。ただ熱くてもどかしくて、どうしたらいいのだかわからない奇妙な感覚に苛《さいな》まれているその場所を、とにかく早くどうにかしてほしい。

「りあ……んっ！」

何度目かその名を口にすると、ようやく体内から長い指が引き抜かれ、その代わりにもっと太くて熱いものが濡れた蜜口に宛《あて》がわれた。

自ら望んでおきながらいざその時がくると、やはり腰を引いて逃げようとする耀姫を李安が褥に縫い止める。

「体から力をお抜きください姫様。それでも痛みを感じないわけにはいかないでしょうが、少しは楽になるはずです」

「い、痛いのか？」

「当然でしょう。これまで何も入れたことが無かった場所に、かなりの物を押し込まれるのですから、平気なはずがありません。途中で気を失われる方も少なくないと言います。なるだけ辛くないように善処いたしますので、多少の痛みはお諦めください」

言葉が全て終わらないうちに、粘膜を引き裂くようにして、李安《りあん》が耀姫《ようき》の中に押し入ってきた。突然の痛みに、覚悟はしていたものの呻《うめ》かずにはいられない。

「うっ……ぁ……あ」

「苦しげな表情が魅力的だと申し上げたなら、お怒りになりますか？　けれど目を離せないほどに美しい」

乱れた髪を顔から払《はら》い除《の》けてくれながら、李安が耀姫の横顔に数多《あまた》の口づけを落とす。頰《ほお》、瞼《まぶた》。眦《まなじり》、額《ひたい》。わずかに繋がったままの部分からは、ズキズキとした疼痛《とうつう》が消えそうにはないが、他の場所に李安が気を引きつけてくれた結果、痛みが少し和らいだような気もする。

そう耀姫が感じた刹那、容赦なく李安が腰をもう少し進めた。

「いた……痛いっ……う」

まるで体を二つに引き裂かれているかのようだ。猛《たけ》るものを穿《うが》たれた部分が焼けるように熱い。なぜこのような痛みに耐えねばならないのかまったく理解できず、先ほどまでの愛撫《あいぶ》で高まっていた体の熱が急速に引いていく。

代わりによりハッキリと感じるのは、自分の中に在る自分の体ではないものの存在。

「大丈夫ですか、姫様」

「大丈夫なわけ……ないっ」

「ですよね」

李安が耀姫の中の自らを少し引き、彼女がホッと息を吐いたところでまた少し奥までグッと挿《は》入《い》り込む。

「ああっん！」

苦しげな声と共に、耀姫が左右に頭を振る。その頬《ほお》を宥《なだ》めるように撫でながら、李安は何度か同じ行為をくり返した。

「う、動かっ……な、いで……」

涙交じりの声での懇願にも、動きが止められることはない。

「あともう少しですから、どうか……」

「りあっ……あっ……痛っ」

耀姫の脚を大きく広げ、李安が更に上から圧し掛かってくる体勢になる。

「うっ、んんっ……っあ」

耀姫の苦悩の表情があまりに艶《なま》めかしく、李安の嗜《し》虐《ぎゃく》心を刺激してしまったようだった。

なりになる。

「姫様っ」

細い腰を抱えられると同時に、半ば強引に奥まで押し入られ、あまりの衝撃に耀姫《ようき》の体が弓
「あっ？　あああ……あ！」

驚きに見開いた翡翠《ひすい》の瞳から、涙が一筋ポトリと零《こぼ》れ落《お》ち、李安《りあん》は何も言わず、そっとそれに唇を寄せた。

「ああっ……はあっ……あ」

信じられないほど奥まで、李安が耀姫の中いっぱいに挿入《はい》っている。他の誰でもなく、大好きな人に充たされているのだと感情と感覚の両側から理解して、耀姫は自分でも気が付かない間に手を差し伸べていた。まるで李安に縋《すが》るかのように――。

それを受け入れるように、李安が耀姫の上で上半身の力を抜く。胸と胸を合わせながら、広げた腕の中に、細く柔らかな体を抱き締めた。

深く繋がった部分はそのままで、それ以上の動きはない。ただ最奥まで充たされた感覚と、柔らかな襞に全てを包み込まれた感覚を、互いに感じ、共有しあう。

夜の静寂に包まれた臥室《しんしつ》には、二人の昂《たか》ぶる吐息だけが、長くいつまでも響いた。

「姫様、私を恨んでもいいですよ」

「……李安？」

「いっそ……忘れてしまっても構いません……」

耳元で囁《ささや》かれる不思議な言葉に「何故《なぜ》?」と問う前に、耀姫《ようき》は冷静さを失った。耀姫を抱き締めたまま、ゆっくりと抜き差しを始めた李安《りあん》に肉襞を擦《こす》られ、痛みなのか苦しさなのかわからぬ波に、意識も感覚も全てさらわれる。

「やっ……いっ痛……ぅ」

呻きながら首を横に振る耀姫に唇を重ね、それでも李安は腰の動きを止めようとはしなかった。

「お辛いでしょう。でもどうか姫様、嘘でもいいから言ってください」

「り、ぁ……ん?」

痛みに耐えきれず閉じていた瞼を開いてみれば、彼の方こそ辛そうに、きつく眉根を寄せた表情で間近から耀姫を見下ろしている。切なげな表情に胸を掻《か》き毟《むし》られ、思わず白い頬に手を添えて、耀姫は彼の望みの言葉を口にした。

「いいっ……」

破瓜《はか》の痛みは未だ癒えず、未熟な肉壺《にくつぼ》を強引に擦られる行為にはまだ痛みしか感じられないのに、そう言葉にした途端、自らの体が俄《にわ》かに潤んだことが耀姫にもわかる。

「いいの……李安」

くり返せば不思議と、緊張に固まっていた全身からも力が抜け、本来は嘘であったはずの言葉が、次第に完全な嘘ではなくなっていった。

「いいっ……んっう」

「よかった、姫様……」

折れそうなほどに強く、耀姫の体を抱き締め、李安が更に抽送の動きを早くする。

「もっと聞かせてください、姫様」

「いい……いいの……んっ……あん」

「もっと」

「いいっ！　あっ……あぁ」

終わりのないような誘いに従い、その言葉を口にすればするほど、言葉は真実と重なり、耀姫の声や表情を艶《つや》っぽく変化させていく。

嬌声《きょうせい》に、肉と肉とがぶつかる音が重なり、潤んだ蜜壺を乱暴にかき混ぜられる水音が混じる。

「もっと」

「いいっ……いい……ん、ああ……っ」

命じる声ばかりは冷静さを保ちながらも、耀姫の甘い声に惑わされたかのように、李安の動きからは加減や気遣いといったものが次第に削《そ》ぎ落《お》とされていった。

「あっ、あ……あ、いいっ！」

健気《けなげ》に言葉を紡ぐ耀姫の体が乱暴に揺すられ、褥《ふとん》から半身が浮くほどに激しく突かれる。

それでも拒否の思いなど、耀姫《ようき》の頭にはまったくなかった。いつの間にか疼痛《とうつう》さえも凌駕《りょうが》してしまった快感に、本気で喘ぎ、心からの言葉を口にする。

「いいのっ……いいっ……李安《りあん》、あっ、アアッ……ン」

大きなうねりの中に身を委《ゆだ》ねながら、頬を赤くして叫び、ただ愛《いと》しい人の存在を自分の中に感じた。この時が永遠に続けばいいと願った。

しかし、どこだかわからない世界に意識を飛ばされてしまいそうな心地良さの中、耀姫はまた微かに予感してもいたのだ。

「さようなら、姫様」

耀姫の中を激しく穿《うが》ちながら、李安がそう呟《つぶや》いた瞬間、耀姫は最大の波にさらわれ、意識を手放した。と同時に、予感は確信へと変わった。

「あっ、あああんっ、アー――ッツ！」

ぐったりと李安の腕の中に身を委《ゆだ》ね、固く瞼《まぶた》を閉じる。故にそれから李安がどうしたのか、耀姫に一切の記憶はない。ただ次に目覚める時には、自分はおそらくこの腕の中にはいないだろうことだけは、彼女にもわかっていた。


暗闇の中、何者かに呼ばれるままに必死で前に進もうと、耀姫は夢中で手足を動かした。

以前よりは進んだような気がするものの、周囲の闇が妙に体にまとわりつき、思うようにいかないことには変わりない。

ふと遥か前方に、ぼんやりとした光を見つけた。

（何？）

それが何かはわからない。しかし決して見失うわけにはいかないと、その思いだけは強く、これまで以上に必死で手足をバタつかせる。

『待ってくりゃれ！』

今にも大切な何かを失ってしまいそうな、不安な気持ちはそのまま今の耀姫の心境だった。


（また、妙な夢を見ておったようじゃ……）

翌朝、まるで何事もなかったかのように整えられた牀榻《しんだい》の上で、きちんと夜着《よぎ》に身を包み、当然のように一人きりで目覚めた時、耀姫に驚きはなかった。ただ自覚もないままにハラハラと頬を伝い落ちる涙を、手の甲で拭うばかりだった。

通常よりかなり急《せ》いた様子で、莉香《りこう》が臥室《しんしつ》に向かってくる足音が聞こえる。何故かその音に、締め付けられるように胸が痛む。

けれど確かに予感していた。だから莉香が慌てた顔で、房室《へや》の入口から呼びかけた時にも、まるで自分のものとは思えないほど落ち着いた声が出た。

「ひ、姫様、起きておられますか?」

「ああ、起きておる」

「大変でございます! 李安《りあん》様が……」

鋭利な刃物で切り付けられたかのように胸は痛んだが、それを莉香《りこう》に気取られることもないほど静かに、その名を口にすることができた。

「李安がどうした?」

「はい、あの……」

言い難そうに言葉を濁した末に、莉香が臥室《しんしつ》の中に入ってくる。

牀榻《しんだい》の上に半身を起した耀姫《ようき》の姿を見ても、何も言わない所をみると、どうやら耀姫の見た目から昨夜の名残はまったく感じられないようだ。

けれども抱きしめられたときめきは、愛しい人を受け入れた幸せは、決してあれが夢ではなかったのだと証明するかのように、未だ耀姫の体に感触として残っている。

「教育係のお役を昨日限りで辞すと!」

「そうか」

ポツリとひと言落とし、耀姫は頭《こうべ》を垂れた。いつも通りにこの牀榻で目覚めた時から、どこかで覚悟していたことを、確認しただけで特別な感慨はなかった。

しかし目を閉じれば鮮烈なまでに、耳の奥に李安の声が甦《よみがえ》る。

『姫様、私を恨んでもいいですよ』

耀姫はゆっくりと頭を振った。

（そのようなことはせぬ……悪いのは全部妾《わらわ》じゃ……）

『いっそ……忘れてしまっても構いません……』

（それはできぬ……できるはずがない！）

どうしてあの時すぐにそう答えることができなかったのかと、今はそればかりが悔やまれる。

「あの、姫様……あまり気を落とされないでください。また帰ってこられるかもしれませんし……新しい教育係とも、すぐに打ち解けられるかもしれませんし……」

「そうじゃな」

耀姫にとって李安の代わりなど決していないのだと、莉香にわかるはずもない。力なく頷く耀姫を何度も励ましながら、莉香は臥室を出ていった。

その足音が壁の向こうに完全に聞こえなくなってから、耀姫は両手で顔を覆った。

（妾がバカだったのじゃ！）

叶《かな》わない恋だとわかっていたからこそ、想《おも》いは口にするべきではなかった。たとえそれが思いがけず受け入れて貰《もら》えるものだったとしても――。

これまでのように気持ちは胸の奥に隠したまま、他愛《たあい》もないやり取りを続けていれば、今日も明日も明後日も、まだずっと李安《りあん》に傍に居てもらうことができたのだ。

しかし耀姫《ようき》は、叶わないと思っていたからこそ無防備に打ち明け、そしてすべてを失った。望むままに大好きな人に抱かれることはできたけれども、それと引き換えに失くしてしまったものはあまりに大き過ぎる。

（妾《わらわ》は本当にバカじゃ！）

だからこそ誰よりも彼に、傍に居て欲しかったのに。遠慮なく諫《いさ》めて怒って、教え導いて欲しかったのに。身勝手にそれ以上を望んだ自分の愚かさ――。

（李安……！）

後悔の思いは、耀姫がどれほど自分の短慮を呪っても、尽きることはなかった。

第四章

女人《にょにん》を主《あるじ》とする宮《みや》とは明らかに雰囲気が異なり、どちらかと言えば自然の雄大さを感じさせるような宮を、李安は感情のない顔で歩き続けていた。

雨の少ない漣捷国《れんしょうこく》にあって草木が濃く生い茂り、多くの亭《あずまや》が建ち、自然の形を利用した奇岩の中にまで物見《ものみ》の櫓《やぐら》を造る贅《ぜい》が尽くされているのは、そこが内殿に住む貴人の中でも最も高い位にある人物の住まう宮だからである。

その人物に会うために、李安は広すぎる園林《ていえん》を進んでいた。回廊《かいろう》を辿《たど》ることはなく、敷石もない草道を歩き続けているのは、彼が本来そこまで入ることを許された人間ではないからだ。

しかし、目指す建物への途《みち》は、最早《もはや》目を閉じていても辿り着けてしまうほどに、彼の古い記憶と固く結びついている。記憶の中のその宮の主と、今から彼が訪ねようとしている人物は、同じ者ではない。しかし血統からすれば、最も近しい人物。

故に李安にとってはどちらも絶対的存在であり、その命に背くことなど考えられない。ましてやその人物のものを横から強奪するなど、有り得ないことだった。

（なのに私は、姫様を……）

考えれば、今すぐこの場で喉を掻き切って、自らの命を絶ってしまいたい衝動に駆られるので、実はかなりの激情家である彼は、今は何も考えないことにしている。

全ての沙汰は、主である人物に包み隠さず真実を伝えてから、下してもらえばいいだけのこと。どのような罰でも受ける覚悟はある。自分がそれほどの大罪を犯したということは、李安《りあん》にもよくわかっていた。

通常通り、表の入り口ではなく裏の入り口から、足音もなく房室《へや》の中に入ってきた李安を、煌《きら》びやかな宝座《ほうざ》に坐《ざ》した人物は鷹揚《おうよう》にふり返る。

「なんだ？　なんでこんな朝早くからお前がここにくるんだ？　葉霜宮《ようそうきゅう》はどうした？　綺羅《きら》姫《ひめ》は？」

「それが……」

足元に跪《ひざまず》いたまま、一向に顔を上げようとしない李安を、宝座に坐する人物——忠篤《ちゅうとく》は、からかうような顔で見下ろした。

「ついに竈《かまど》でも爆発させたか？　それとも国宝級の壺でも割ったのか？」

「いえ、そういったことではなく……」

歯切れ悪く言葉を濁す時、それは李安にとって何か不都合が起きているのだと、忠篤もまたよく心得ている。

「ついに綺羅姫に惚《ほ》れたか？」

「…………」

端的に心の奥に切り込まれ、李安はいよいよ言葉を失くした。

「と言うより……とっくに惚れていたのをついに自覚して、手でも出したか？」

「…………！」

この場合、無言こそが肯定になるのだと、わかっているのに口を開けない。他人を痛烈に批判する言葉や、相手をやり込める言葉ならば、口にするのにも躊躇《ためら》いはないのに、誤魔化《ごまか》しだけはどうしてもできない。——妙なところで頑《かたく》なな自分の性質が、李安には恨めしくてならなかった。

正直に言えば、昨夜の耀《ようき》姫の艶《なま》めかしい姿態は、忘れようもなく瞼《まぶた》の裏に焼き付いている。人並み外れた美しさに反して、常がまるで女性らしさを感じさせないさっぱりとした性格であるからこそ、おそらく自分だけが知ったのであろう秘めやかな表情や声音や仕草の艶《つや》やかさは、あまりに鮮烈だった。罪だと知りながらも、李安が我を忘れて手を伸ばさずにはいられなかったほどに——。

「そうあからさまに赤くなるな。こちらの方が恥ずかしくなるじゃないか。よかったな。綺羅姫の方は見るからに最初からお前のことが好きなんだから、これで晴れて両想いだ。今日からは堂々と一緒に居ればいい。祝いには何を贈ろうか？　やはりあの姫には、花より食べ物か？」

嬉しげに勝手に話を進めていく主の考えが、李安《りあん》には到底理解できない。

「お待ちください！　これはそんな簡単な問題ではございません！　姫様は陛下のお妃《きさき》で……」

言いかけた瞬間に、忠篤《ちゆうとく》の顔つきが変わった。普段の彼からは想像もつかない冷徹な顔。

「お前だけは絶対に私を『陛下』と呼ぶな。それは違《たが》えることを許さない約束だったはずだ」

「あ……」

鷹揚《おうよう》な仮面を被った主の本性を、思いがけず引き出してしまったことに李安は息を呑む。

王たるに相応《ふさわ》しい覇気に満ちた眼差《まなざ》しに、その約束を交わした日の、まだ幼さを残した忠篤の面影が重なった。

それまでの自分を育《はぐく》んでくれた全てを失い、あまつさえ己の命さえも失いかけた幼い日、そこから自分を救い出してくれた忠篤は李安にとって、唯一無二の存在となった。

『李安！　李安！』

ぐったりと力を失った自分の体を抱き締め、声を嗄《か》らして呼び続けてくれた忠篤の叫びと、目覚めた自分を見つめ、『よかった』と生還を喜んでくれたその笑顔だけは、あれから十年以上の歳月が流れた今も、忘れることができない。

元の地位も本来の居場所も失くした李安にとって、忠篤は全てであり、唯一心から信頼できる相手だ。にも拘《かかわ》らず、くり返し何度も念を押されている事柄でさえもこうして時々忘れてしまい、忠篤の望まない呼び名を口にし、不興を買ってしまう。

そういった面では幼い頃からまったく成長がない自分を恥じ入りながら、李安は頭《こうべ》を垂れた。

「申し訳ございません」

どれほど忠篤が二人の間の垣根を取り払おうとしても、李安の方はこうして、王である忠篤と自分との間に距離を取りたがる。その頑なさに嘆息しつつ、忠篤がまたいつもの砕けた口調に戻った。

「まあ、今のは大目に見るけど……で？　妃だからなんだって？　それが形だけなのは、お前が一番よく知っているだろう。もともとあのへんてこな儀式で、綺羅姫が運命の相手に選んだのはお前だ。それに多分、気持ちの方もお前に一目惚《ひとめぼ》れだろう。だからお前と綺羅姫が結ばれたからといって、私が悔しく思う気持ちなどこれっぽっちもない。かえって綺羅姫には、一途《いちず》な恋が叶って良かったなと、祝福の手紙を送りたいくらいだ。いや待て……ここは一つ、ほんとにそうしようかな？」

「それは……どうかおやめください」

忠篤の性質の悪い冗談などまったく理解できず、青くなったり赤くなったりする耀姫《ようき》の顔が目に浮かび、李安は静かに頭を下げた。

「おおかたお前はまた、『これは道ならぬ想いで、主君への忠義に反することで』とか、小難しいことを悶々《もんもん》と考えているんだろ？　じゃあ私が、簡単な解決法を教えてやろうか？」

　忠篤《ちゅうとく》の申し出に、李安《りあん》はハッとしたように顔を上げた。捨てられた子犬が救いの手に縋《すが》るかのような表情に、忠篤は大いに満足したらしく、以前からずっと出し続けている提案を、今日も持ち出してくる。

「お前が、本来自分の居るべき地位に返ればいい。そうすれば、私がお前に綺羅姫を下賜《かし》しても、国外的には何の問題もないし、お前には慧央国《けいおうこく》という後ろ盾もできる。これ以上の良策はないと、そう思わないか？」

　自信満々に言い切った忠篤の顔を見上げ、李安は深々と溜《た》め息《いき》をついた。

「思いません。私は一度死んだ人間ですし、それはできないといったい何度申し上げたら……」

　すっかり意気消沈していた李安が、いつもの調子を取り戻しつつあることが嬉しかったらしく、忠篤は更に、二人の間ではもう幾度となくくり返された問答をくり返した。

「だったらお前が、私の養子になればいい。な。父の妃《きさき》を息子が奪うなんて昔からよくある話だし、もし自分をかけて私とお前が争うなんてことになったら、あのお姫さんがどんな面白い顔をするのか、お前もぜひ見てみたいだろ？　な？」

「まったく見たくございません！　それに、もし姫を巻き込んで困らせるようなことをなさるのでしたら、私は今の立場からも引かせていただきます。それこそ以前から、申し上げているはずですが！」

いつもの調子を取り戻したばかりか、舌戦《ぜっせん》ならまるで勝ち目のない李安《りあん》が戻ってきつつあることに、忠篤《ちゅうとく》は少し焦ったようだ。

「待て！　お前がせめてこの宮城《きゅうじょう》内に居てくれなければ、それは私が困る。わかった。あまりに好き過ぎてまた手を出してしまいそうで、綺羅姫の傍にはもう居られないと言うのなら、すぐに他の役職を準備する」

「その言い方はあんまりです」

内容的には間違っていないながらも、大いに語弊のある表現に、李安は肩を落としながら宝座に背を向ける。

「じゃあ……これ以上傍に居たらどんな場所ででも自制心を失ってしまいそうだから、綺羅姫とはいったん距離を置きたい……とか？」

「失礼します」

忠篤の会心の表現にも眉一つ動かさず、冷たい無表情でバッサリと切って捨て、李安は入ってきた時と同じように、本来の入り口とは異なる扉から、御前を辞した。

完全にいつもの李安が戻ってきたことに密《ひそ》かに安堵《あんど》しながら、忠篤はその背中を高い位置から見送った。

（細かいことを気にし過ぎなんだよ、昔からあいつは……私と違って）

声には出さず心の中でだけ考えてみれば、幼い頃に共に教示を受けた老師の顔が目に浮かぶ。

（足して二で割ったらちょうどいいのにと、先生もよく嘆いてたなあ）

老師はまた、李安の未来に不安を感じてもいた。

（今のままじゃ生きていくのさえも難しいのではないかと、いつも心配してた）

その予感は悲しいことに的中し、李安は一度命を失いかけた。しかし他ならぬ忠篤の手によって、かろうじて一命を取り留めたのである。

（もし長生きできたなら、きっと私の助けになってくれるだろうと先生に言われた通り、今ではなくてはならない存在になってるよ）

豪奢《ごうしゃ》な装飾の施された格子の天井を見上げた忠篤は、今は亡き老師に思いを馳《は》せる。

（大丈夫。何があってもまた私が守るから……）

十三年前、その決意を実行に移した時と同じように、忠篤はまた思いを新たにした。

（もう誰も、悲しませはしないから）

いつもふざけてばかりいると評されることの多い漣捷国《れんしょうこく》第十三代国王——壮忠篤《そうちゅうとく》の瞳は、実は常に過ぎ去りし日々ばかり見つめ続けていた。

「あのう、姫様……そろそろ新しい教育係の方がお見えになる時間ですので……」

莉香《りこう》の声を遠くに聞き、耀姫《ようき》は突っ伏していた卓子《つくえ》から顔を上げた。

「……うむ」

確か刺繍《ししゅう》の練習をしていたはずなのに、いつの間に眠ってしまったのだろう。はっきりしない頭で周囲の状況を確認してみれば、刺繍道具は卓子の上に放り投げてある。しかし絹の白布が、覚えのない鮮朱に染まっていた。

いったい何の色かと目を凝らし、それが自分の衣にまで広がっていることに気が付く。

「あ……」

広がっているどころか、どうやら出所が耀姫だったようだ。梔子色《くちなしいろ》の長襦《ちょうじゅ》の胸元も、刺繍布と同じように赤く染まっていた。

「きゃあああ！」

血に塗れた耀姫の様子を見た莉香が、悲鳴をあげて房室《へや》の入口で卒倒する。

「なんだなんだ！　どうした？」

慌てて厨房《だいどころ》から飛んできた愁夜《しゅうや》も、耀姫を見て一瞬怯《ひる》んだが、さすがは元男らしく、なんとかその場に踏《ふ》み止《とど》まった。

「ひ、姫様……大丈夫ですか？」

「ああ、大事ない。どうやら刺繡中に寝てしまって、針がどこかに刺さったようじゃ。それで血が出たんじゃな、うむ」

「出たんじゃなって……痛くはないんですか？」

「寝ておったからの……どこに刺さったのかも、探してみなければわからぬ。それより莉香は大丈夫か？　派手に床に頭をぶつけた音がしたぞ」

「え、ええ……」

愁夜は莉香の隣に跪《ひざまず》き、様子を見てから、耀姫に頷《うなず》いてみせた。

「ひとまず寝かせてきます。すぐに美怜《みれい》を来させますから、それまで姫様は動かないでくださいね。針がどこに刺さっているのか探らせますから」

「うむ。わかった」

こくりと頷き、耀姫は慌てふためいて出ていく愁夜の背中を見送った。その背中にふと、懐かしい面影が重なる。

（かの者なら真っ先に、「なぜ刺繡をしていたはずが染物になるのですか？」と嫌味《いやみ》をいうところじゃな……）

声音まで耳の奥に甦《よみがえ》ってくるようで、耀姫は困ったように首を振った。

（しかも刺さった針も、宮女《きゅうじょ》の助けを待つことなく自らで勝手に探すだろうの……）

考えれば胸が痛く、痛みを誤魔化《ごまか》すように襟の合わせを握りしめた。

素肌を重ねたこともあるのだから、彼ならおそらく耀姫《ようき》の体に直接触れることにも、今更躊躇《ちゅうちょ》はしないだろう。しかし、考えてみればそのずっと以前から、愁夜《しゅうや》たち宦官《かんがん》のように耀姫に距離を置いて接することはなかったようにも思う。最初から迷いもなくすぐ近くにまで寄ってきた。かえって耀姫の方が焦らずにはいられないほどに――。

それを考えれば、彼が宦官たちとは違うことなど、すぐにわかっていたはずなのだ。

(妾《わらわ》がバカだったのじゃ……)

傍に寄られるだけであまりに気持ちが焦り、他のことにまで頭が働かなかった。今にも心臓が胸から飛び出してきそうなほどのときめきを、気取られないようにすることで精一杯だった。

(その想《おも》いも、よりによってあのような形で、自分でぶちまけてしまったのだがな……本当にバカじゃ)

大きな溜《た》め息と共に、耀姫は再び卓子《つくえ》の上に突っ伏した。あれから三月が経《た》った今も、こうして未練がましく悔やまずにはいられない。

「ひ、姫様？　大丈夫ですか？」

莉香《りこう》と愁夜の代わりに房室《へや》に入ってきた美怜《みれい》が、力なく半身を横たえる耀姫の姿に驚いたように、恐る恐る声をかけてくる。

「うむ……大丈夫……じゃ……」

余計な心配は取り除いてやろうと、溌剌《はつらつ》と答えたつもりだったのに、なんとも覇気のない声になった。そう言えば頭も妙に重く、視界も霞《かす》んできた気がする。

「姫様？」

顔を覗《のぞ》き込んでいる様子の美怜の表情さえ、良く見えない。

「姫様！　姫様――っ！」

焦りの叫びは、途切れた意識の向こうに遠くなっていった。


薄暗がりの中でぼんやりと、輝いている光がある。それが何なのかはわからぬままに、耀姫は無我夢中で後を追っていた。

『待って！　待ってくりゃれ！』

それを決して失うわけにはいかないと、強い思いだけを頼りに、行く手を邪魔する闇をかき分け、夢中で手足を動かし、長い時間をかけてようやく追いついた。

差し伸べた手が届いた途端、光が人としての形を成す。久しぶりに目の当たりにしたその姿に、耀姫は胸がいっぱいになった。

（李安《りあん》……！）

およそ三カ月ぶりに向き合った彼は、以前とまったく変わらぬ様子で、眉間に深々と皺《しわ》を寄せ、耀姫《ようき》に苦言を呈す。

『まったく……貧血になって意識を失うほど、派手な出血を伴う怪我《けが》など、この小さな針でいったいどうやったらできるのですか？　ぜひ教えてもらいたいものですね！』

懐かしさに胸がいっぱいになっていたはずなのに、ついついつられるように憎まれ口を利いてしまった。

『妾《わらわ》とて、したくてした怪我ではないわ！』

『それはそうでしょう。どこの世界に、自ら好き好んで怪我をする人間がいるのです。特に姫様の場合は、皆に心配をかけることになるのですから、もっと気をつけていただかないと……』

『……うむ』

もっともな注意に、耀姫はしゅんとなって首を竦《すく》めた。

『従者たちの心労もお察しください。莉香《りこう》など、驚いたあまり卒倒したのですよ』

『すまぬ、以後気をつける。して……そなたは……？』

『私ですか？』

逸《はや》る胸を懸命に落ち着かせて、決死の思いで訊《き》いてみた。

『うむ。妾が怪我をしたと聞いて、その……心配したか？』

癖のない髪をサラリと揺らし、李安《りあん》が耀姫に真摯な目を向ける。ただそれだけのことで、心臓が止まってしまいそうなほどに耀姫は緊張した。

『何を言っておられるのです。姫様にお怪我と聞いて、私が心配しないわけが……』

息を詰めてその続きを待っていたのに、最後まで聞くことは叶《かな》わなかった。

『姫様――っ！』

遠くで誰かに呼ばれているような気がして、耀姫は重い瞼《まぶた》を開いた。


「あっ……」

見上げた格天井《ごうてんじょう》の手前には、心配げに耀姫を見下ろす従者たちの顔がある。もしやと、微《かす》かな期待を抱かずにはいられなかったが、その中に求めた人物の顔はなかった。

（懐かしいやり取りをしたように思ったが、やはり夢だったか……）

嘆息する耀姫の顔を、莉香が笑顔で覗き込んでくる。

「お目覚めになってよかった。もう大丈夫そうですね」

「莉香こそ！」

慌てて起き上がろうとしたが、くらりとまた眩暈《めまい》がする。しかたなく耀姫は牀榻《しんだい》の上に再び横になった。

「すまなかったの……莉香」

陳謝すると、莉香《りこう》が慌てて首を振る。

「いえ、私の方こそ、かえってご心配をおかけして申し訳ございません」

「いや、気を付けようがないのは、妾《わらわ》にもよくわかる。だから決して莉香のせいではない。それにどちらかと言えば、これは妾のせいじゃ」

「姫様、そんなことは……」

莉香はそれでもまだ庇《かば》おうとしてくれたが、耀姫《ようき》自身がそれを拒んだ。

「今日だけではない。この間は、妾が落とした巻子《かんす》で足を滑らせ、転んだであろう……確か先月は、妾が摘んだ野草の汁で手がかぶれたこともあったはずじゃ。それから……」

数え上げればキリがない。現に今も、莉香は先ほど床にぶつけた頭以外にも、手足にいくつも怪我を手当てした痕を残している。

「昔からこうなのじゃ、妾の傍に居る者は何故《なぜ》かひどい目にあう」

「しかし姫様は、幸運を呼ぶ『綺羅姫』なのですから！」

取り成すように愁夜《しゅうや》が横から顔を出してきたが、その名を呼ばれることは、耀姫にとっては誇らしいことではない。

「うむ。そう言われてはいるが……実際には昔から不運続きで、それに周りまで巻き込んでばかりじゃ……だからきっと、天が与える幸運などと妾は無縁じゃ。星の巡りを読む術者が、おかた妾が生まれた時の天中図を読み違えたのであろう」

「そんなことは……」

ないと誰も言い切れない。それは他の誰よりも耀姫が一番、胸痛く自覚している。

「いいのじゃ」

落ち込んだ顔を皆に見られるのも辛く、背を向けようとした時に陽円《ようえん》がぽつりと呟《つぶや》いた。

「でも、これまでがそうだったとしたら……ここに来られてからしばらくの間は、実に静かにお過ごしだったんですね」

「そう言えば……」

耀姫自身そのことに初めて思い当たり、首を傾げた。

（そうじゃ、二か月あまりも特に何事もなく過ごしていた。それなのにこの二、三か月と言ったら、まるでその時の分を取り戻さんばかりの不運続きじゃ……）

実際、李安《りあん》が役を辞した後、耀姫の新しい教育係として葉霜宮《ようそうきゅう》を訪れた者の数は、とうに十人を超えている。その全員が、一人として長続きしていない。

耀姫の不器用さに我慢がならなかったり、途中で体調を崩したり、家庭の事情ができたりと、役を辞した理由はそれぞれだが、誰も七日ともたなかった。たった一人の例外を除いては――。

（そう言えば李安は、妾の傍におってもこれといって不運な目には遭ってなかったようじゃが……妾が気付かなかっただけだろうか……？）

今となっては確かめようもないが、彼がここに居た間は、他の従者たちにも目立った不運が降りかからなかったことだけは確かだ。

（確か、これ以上ないほどの不幸にならとっくに遭遇したから、どのような不運でもそうとは感じないとも言っておったが……もしそれが本当で、不運さえも跳ね除けてしまうのなら、妾《わらわ》よりもよほど、李安《りあん》の方が幸運の持ち主じゃな……少なくとも、そうじゃの……妾にとっては、綺羅星《きらぼし》だった）

一刻も目を離せず、忘れることができず、惹《ひ》かれるままにここまで来たようなものだ。その姿を、もう一目見ることも叶わなくなった落胆は、どれほどか計り知れない。

（だけど、そろそろ元気を出さなければの……）

散々な目に遭いながらも未だ耀姫《ようき》の傍を離れず、従ってくれている莉香《りこう》たちのことを思えば、いつまでも落ち込んでばかりはいられない。

牀榻《しんだい》の上に起き上がろうと思い立った耀姫は、何かに縋《すが》ろうと手を伸ばした。ちょうど天幕を支える柱に手が届いたので、それを摑《つか》もうと手を握る。しかしそのてのひらの中に、天幕から下がる紗《うすぎぬ》の端が握り込まれた。

「あ……」

これを引いてはならないと、咄嗟《とっさ》に放した時にはもう遅かった。ドーンと大きな音を響かせ、牀榻の上に掲げられていた額絵が床に落ちてくる。

「きゃああああっ！」

「ひえええええっ！」

悲鳴と同時にその場に尻餅をついた陽円《ようえん》と莉香の間に、かなりの重さがあるその額絵は、もうもうとした埃《ほこり》と共に落下した。

「莉香！　陽円！　大丈夫か！」

「は、はい」

陽円の方はかろうじて真っ青な顔で頷いているが、莉香はまた気を失って床に倒れ込んでいる。牀榻から転がるようにして下り、誰よりも早く莉香を抱き起しながら、耀姫は声を大にして叫んだ。

「誰か褥《ふとん》の準備を！　……それから水！　水を持ってきてくりゃれ！」

「「はい」」

一斉に駆け出す従者たちの気配を背中に感じながら、耀姫は莉香を抱く手に力を込め、隣でまだ呆然《ぼうぜん》としている陽円に深々と頭を下げる。

「すまぬ……いつも、いつも、妾のせいで……」

「い、いえ！　そんな！　決して姫様のせいでは……！」

いくら気にするなと言われても、それは到底無理な話だった。

（ああ、またじゃ……）

薄闇の中にぼんやりと輝く光を見つけ、耀姫《ようき》は密かに嘆息した。その光を守るために、進み難い中を必死で前に行こうと努力するこの夢は、耀姫が心に不安を抱えた時、幼い頃から決まって見る夢だ。

先日はその光が李安《りあん》の姿に転じたこともあったが、今日はただのぼんやりとした光のまま、長い時間を経て、ようやく耀姫の腕の中に収まる。

（よかった）

夢の中で光を捕まえられなかったことは一度としてないけれども、そこまで辿《たど》り着《つ》くまでの間には、毎回かなりの苦労を強いられる。そうまでして捕まえなければならないこの光とは、自分にとって果たして何なのだろうと、耀姫はいつも不思議に思う。

（まあよい。とにかく捕まえることができれば……）

腕に抱けばかなりの安心を与えてくれ、それまでのどのような苦労も帳消しにしてくれるその光は、少なくともその夢の中に在っては、耀姫にとって何にも代え難い。

（他の何を犠牲にしてもいいのじゃ、のう『――』……）

おそらく意識のどこかには存在しているのかもしれないその本当の名を呼びながら、耀姫はまた今日も、それをしっかりと抱き締め、再び眠りの縁《ふち》へと落ちていった。

「それでは本日は、陛下にお贈りする書をしたためたいと思います。ぜひ今宵《こよい》こそは、この葉霜宮《ようそうきゅう》にお越しいただけるようにと、心を込めて、熱意を感じさせることを忘れてはなりません」

「う、うむ」

椅子に身体の全てが乗りきらないほど恰幅《かっぷく》の良い体型の女性と向き合い、耀姫は緊張の面持ちで筆を握りしめていた。女性は名を明寧《めいねい》と言い、一昨日前から耀姫付きとなった十八人目の教育係である。

「文字には書いた者の人格が現れると言います。ですのでぜひ、陛下が一目会いたくなるような、たおやかでありながら美しく、清らかさを感じさせつつも成熟した大人の女性の魅力を醸《かも》し出す、そのような文字で！」

（無理じゃ！　だいたいそれはいったいどのような文字なのじゃ？　想像もできぬ！）

心の中では叫びつつも、耀姫は取りあえず頷《うなず》いてみせる。

「……………うむ」

筆を持った耀姫の手が緊張で震えるほどに、明寧は迫力のある人物だった。宮城《きゅうじょう》に勤めて二十年になるという強面《こわもて》の女性で、普段は外殿で女官《にょかん》をしているらしい。

後宮に仕える宮女《きゅうじょ》たちと違い、外殿で官吏たちの手伝いをしている女官は、後宮の女たちよりも男勝りで、切れ者が多い。特に明寧《めいねい》は体格も良く、宦官《かんがん》である愁夜《しゅうや》や陽円《ようえん》より力もあって、知識でも体力面でも皆を圧倒するような人物だった。

耀姫《ようき》と顔合わせをするとすぐに、その問題点を見極めるためにという名目で一日を共に過ごした結果、実に五十六の要修正箇所を上げ連ねている。

「ごじゅうろく……」

その数を思えば、最早《もはや》、妃《きさき》であることさえ申し訳なくなるような耀姫だった。

それを一つずつ改善していこうと、明寧がたててくれた「一番の寵姫《ちょうき》になるための教育計画」に、異論など挟めるはずがない。これまでになく殊勝に指示に従っている耀姫を、従者たちもどうなることかと息を詰めて見守っている。

「またですか、慧妃《けいひ》様」

「あっ、や……うむ。すまぬ」

「料紙がこう何度も破れるということは、力の入れ方が間違っておられるのではないですか？」

「そうかの？」

「もう一度筆を持ってみてください」

「こ、こうやって……」

「ちっがーう！」

明寧の声はあまりに大きく、耀姫が何かを失敗するたびに飛び出す「ちっがーう！」は、すでに葉霜宮《ようそうきゅう》では新しい名物になりつつある。

誰よりもその声を間近で聞き、飛び上がって驚くことも、耀姫にとっては最早日課であるかのようだった。

「それほど筆を擦《こす》りつけては、料紙が破れるのも当たり前！　もっとこう！　ふわりと乗せるように軽やかに」

「こ、こうか？」

余計な力を抜こうとするあまり、墨をたっぷりと含ませた筆の先が空中で踊り、ぴちゃっと明寧の顔にはねる。

「ああっ！」

明寧の太めの眉が、真一文字に繋《つな》がってしまった。硬直する耀姫と明寧。そして一瞬後には、爆笑に包まれる居室《いま》。

「ちっがーう！」

怒りを大いに含んだ明寧の声が、再び葉霜宮に響き渡った。

「しかし厳しいばかりでなく、面倒見が良いのじゃよな、明寧《めいねい》は……大抵の者は妾《わらわ》の相手など三日で投げ出すのじゃが……根気強いのう」

学びの後の一休みということで、毎回愁夜《しゅうや》が持ってきてくれるお茶を、明寧は必ず耀姫《ようき》と共に飲む。これまでの教育係とはそういった経験がなく、二人で卓子《つくえ》を囲めることが、耀姫は密かに嬉しくてならなかった。

「根気強いなどと褒められても、まったく嬉しくございません。せっかくでしたら、優秀だとか、仕事ができるとか言っていただいたほうが！」

つんと顎《あご》を逸《そ》らしながらも明寧は、お茶もそのお替りも共に出されたお菓子も、すべてペロリと平らげてしまう。見事な食べっぷりが自分と重なり、親近感が湧き、むしろ勉強よりもその時間が楽しみな耀姫だった。

「そうですか、以前は李安《りあん》様が教えられていたのですか。どうりで学問的な知識だけ、妙に持っておいでなわけですね、慧妃《けいひ》様は……」

元々は誰に師事していたのかと訊《き》かれ、耀姫がドキドキする胸を抑えながら「李安」と答えると、いかにも訳知り顔で頷かれた。

「えっ……明寧は李安を知っておるのか？」

慌てて問いかけてみると、もっともだとばかりに頷かれる。

「朝廷で働く者で知らない者などおりません。若くしていくつもの省を渡り歩き、常に我が国を危機から救ってきた切れ者中の切れ者。漣捷国《れんしょうこく》の基。陛下の懐刀とも称されていて、ついに外殿ばかりか内殿にも召されたとは噂《うわさ》に聞いておりましたが……そうですか。異国より嫁いでこられた慧妃様の教育係をされていたのですね」

「うむ」

自分の知らない李安の姿を教えてもらうことは嬉しく、耀姫は熱心に明寧の話に耳を傾けた。

「有能な上にあのご容姿ですから、密かに心寄せている女官《にょかん》は星の数です。しかしご本人はあまりそういったことには関心がなく、浮いた噂の一つもございませんね」

ドキリと跳ねる胸を必死に落ち着かせながら、うんうんと頷き続ける。

「表情を崩されることはほとんどなく、怒った顔はともかく笑った顔を見た者など一人もいないといいます。まあそこがいいのだと、心酔している女官たちは言うのですが……私もそう思いますが……」

最後にポッと頬を染められ、ギョッとせずにはいられなかったが、明寧には気付かれなかったようだ。ホッと胸を撫《な》で下《お》ろしながら、ふと首を傾げる。

（笑った顔……妾は見たことあるのじゃが……）

宝泉宮《ほうせんきゅう》での宴の際、さんざんに耀姫をからかって大きく破顔した。――あの李安の笑顔は、忘れようとしても忘れられるものではない。

しかしそれを、少しうっとりとした目であらぬ方角を見つめ続けている明寧《めいねい》に、わざわざ教えてやる必要もない。それに誰も見たことがないと言われれば尚更《なおさら》、自分の中にだけ大切にしまっておきたいような心持ちになった。

「して今は……」

李安《りあん》はどこに居るのか。尋ねてよいものかと迷い、耀姫《ようき》は言葉を濁したのだが、明寧は実にあっさりと答えた。

「神泉《しんせん》の巫女姫《みこひめ》様付きになっておられるようです。慧妃《けいひ》様の教育をなさったように、おそらく教育係をなさっているのではないでしょうか」

「そうか……」

漣捷国《れんしょうこく》の伝承について学んだ時、確か出てきた『神泉の巫女姫』という名称を、耀姫は思い返す。

(……神泉に祈りを捧《ささ》げるために、天から選ばれた乙女……じゃったか？　そう言えば、新しい巫女姫が現れたらしいと、少し前に愁夜《しゅうや》たちが噂しておったような……)

巫女姫が祈りを捧げるという神泉は、後宮の中にある。園林《ていえん》内をふらふらと散歩していた折、これが件《くだん》の神泉ですと、李安に教えてもらった。

(ということは、李安は今、後宮におるのか……)

そう思うと、ギュッと締め付けられるように胸が痛んだ。

（巫女姫とお会いしたなら、李安にも会えるのではないか？）

その発想はすぐに浮かんできたが、耀姫は頭を振って甘い考えを打ち消した。

（ダメじゃダメじゃ！　妾《わらわ》が軽はずみな行動を取ったから、李安は役を辞したのじゃ。再会したとしても、とても喜んでもらえるとは思えぬ……それにどんな顔をして会ったらいいのかもわからぬ……）

落ち込むあまり、明寧の話ももうまったく聞いていない。

「李安様が最初の教育係だったのなら、やはり私も途中で投げ出すわけにはまいりません！　ぜひとも意志を継ぎ、必ずや慧妃様を一番の寵姫に育て上げなければ！」

やる気に満ちた宣言にも、ただなんとなく頷き返す。

「うむ、よろしく頼む……」

その実、頭の中では、いつまでも李安のことばかり考えていた。

（会えない、よのう……会えるわけがない……）

しかし奇《く》しくも、その『神泉の巫女姫』の歓迎の宴《うたげ》を行うので、是非出席して欲しいとの知らせが、耀姫の元にもたらされた。

「こんな地味な長襦《ちょうじゅ》や長裙《ちょうくん》しかないのですか？　せっかく慧妃様は、月の天女もかくやというほどの美貌でいらっしゃるのに？　金釵《かんざし》も歩揺《ほよう》も、帯留めも首墜《くびかざり》も……これだけ？」

明日に迫った巫女姫歓迎の宴に備え、葉霜宮《ようそうきゅう》では明寧《めいねい》を中心に、耀姫《ようき》の衣装の準備が大急ぎで進められていた。

耀姫自身は、これまで数々の宴で装ってきたように、落ち着いた色合いの衣で、装飾品も簡素にまとめようとしたのだが、明寧がそれでは納得しない。

「これでは陛下どころか、誰の目にも留まるはずありません！　他にないのですか？」

凄《すご》い剣幕《けんまく》で迫られ、祖国から持ってはきたもののほとんど袖を通していない衣の入った葛籠《つづら》を、耀姫は仕方なく指し示す。

「あるにはあるのじゃが……」

輿入《こしい》れの際、それらを見立ててくれたのが祖国の王后《おうこう》なので、色合いもかなり派手で、装飾も多く入った物になっている。まるで慧央国《けいおうこく》の豊かさを誇示しているかのようで、耀姫はあまり好きではなかったし、李安《りあん》もその気持ちに同意してくれた。なので、これまでの宴では着ることがなかった。

「いいじゃありませんか！　こんなに素敵な衣がたくさん！　これでしたらすぐにでも誰にも負けない装いができますすよ」

明寧は嬉《うれ》しそうにそれらを広げて見せてくれたが、耀姫の心は乗らない。

「しかしの……元から派手顔の妾《わらわ》がそれを着ると、更に派手さが増して、くどいほどだからと李安も……」

「いいえ！　こういった宴では、どれほど着飾ってもやり過ぎということはないのです。さすがに李安様も、そういったことには疎くてらっしゃったのですね」

明寧はテキパキと衣の合わせを考えていくが、耀姫はどうしても不安でならない。

「別に妾が主役の宴でもないのだから、それほど着飾る必要は……」

「そのお考えが、陛下の来訪がまったく無いという現状を招いているのです。どこで誰のために催される宴でも、主役はいつも慧妃《けいひ》様です！　それぐらいの心意気で臨まなければ、一番の寵姫《ちょうき》になどなれませんよ！」

「妾《わらわ》は別に！」

強い口調で言い切られ、耀姫もつい言い返してしまいそうになった。

王の寵姫になどなりたいわけではない。ましてやそのために着飾る必要性も感じない。もっと簡素に彼好みに装った姿を、どうせならば一目李安に見てほしいだけ――。

そう心の中だけで叫んで、この国に来たばかりの頃となんら変わっていない自分の心情に耀姫は愕然《がくぜん》とする。

「妾は……！」

会場のどこかに李安がいるのではないかと、その一心で綺麗に着飾った婚姻の儀の時と、耀姫の想《おも》いはまったく変わっていない。

（無理だとわかっておるのに……）

以前のように接することも、もう決してできはしない。それほどまでに二人の関係を難しくしたのは、他ならぬ自分であるのに、駄々《だだ》を捏《こ》ねる子供のように、それでもまだ李安《りあん》のことしか想えない――。

なんとも御し難い想いに雁字《がんじ》搦《がら》めになり、言葉を失くした耀姫《ようき》に、明寧《めいねい》が手早く衣を渡していく。

「私に任せておいてください。必ずや、最も美しい妃《きさき》に仕上げてみせます」

最早反論する気力さえ残っておらず、耀姫は虚《うつ》ろにただ「うむ」と頷いた。


神泉《しんせん》の巫女《みこ》姫《ひめ》の就任を祝う宴《うたげ》で、会場となった宝泉宮《ほうせんきゅう》に天女が舞い降りたという噂は、その後かなり長い間、朝廷で延々と語り継がれた。

それほどに、耀姫が会場に到着した瞬間から、妃嬪《ひひん》たちの坐する席とは向かいに設けられた朝廷人たちの席で、聞こえ始めたざわめきは留まることを知らなかった。

「誰だ？」

「ほら、あの慧央国《けいおうこく》の……」

「綺羅姫《きらひめ》か……これはまた婚姻の儀の時にも増して美しい……」

聞こえくる感嘆の声に、ここまで従ってきた明寧は得意満面の笑顔だが、耀姫はとてもそんな気にはなれない。とくに妃嬪のために設けられた席に到着した時、宝妃《ほうひ》がこちらを見ようともしなかったことは衝撃的だった。

「今宵《こよい》はお招きいただきありがとうございます」

挨拶しても返事もなく、座っていた席を立ち、違う者と語らうためにいなくなってしまう。

呆然《ぼうぜん》と立ち尽くしていた足を励まし、耀姫はようやく用意されていた自分の席に腰を下ろした。周りには誰も座っておらず、一人でただじっと、毛氈《もうせん》の敷かれた小道沿いに掲げられた篝火《かがりび》の灯《あか》りを見つめる。どれほどの時間をそうしていたのだろう、ふいに背後から声をかけられた。

「今夜はまた随分とめかし込んできたのね……」

聞き覚えのある声にふり返って見ると、瑞妃《ずいひ》が真後ろに移動してきていた。

「瑞妃殿！」

耀姫は喜び勇んで体ごとその隣に移動しようとしたが、香油のいい匂いがする真白い手でやんわりと止められる。

「ごめんなさい、今夜はちょっとあなた、目立ち過ぎちゃってるから、秘密の語らいはできないわ……巫女姫の登場でいっそうピリピリしてる宝妃さまも恐《こわ》いし……また今度ねぇ」

すぐに瑞妃《ずいひ》はその場所から居なくなり、耀姫はまた一人きりになってしまう。

神泉《しんせん》の巫女姫《みこひめ》が到着したとの先触れがあり、皆の意識がそちらに集中した時を見計らって、彩妃《さいひ》もほんの少しだけ、耀姫《ようき》に話しかけていった。

「あの、慧妃《けいひ》様……今宵はいつにも増してお綺麗で、私などは気後れしてしまいます……いったい何をお話したらよいのか……」

自分は自分のままだからと、耀姫は笑顔で答えたが、彩妃は逃げるようにしてその場から居なくなってしまった。どうして明寧《めいねい》と喧嘩になってでも、普段の装いを貫き通さなかったのだろうと、今更ながらにそればかりが悔やまれる。

ふと頭を廻らせれば、王は皆よりも高い場所に設けられた席で、会場全体をくまなく見渡していた。特別に誰かと語らうわけでもなく、耀姫の席からでは、その表情さえもよく見えない。どれほど自分が着飾っても、これでは常と何も変わらないではないかと思うと、悔しいばかりだった。

諦めたように、耀姫も会場を見ることにした。華やかな舞妓《まいこ》たちが楽士の演奏に合わせ、中央に設けられた舞台の上で踊っている。舞台を挟んだ反対側は朝廷人たちの席なので、衣の色合いも暗く全体的に闇に溶けてしまっているが、あちらから見たこちらの様子はどうだろう。

そう考えて、耀姫は己の衣装を改めて見直した。

緋色の長襦《ちょうじゅ》に濃紺の長裙《ちょうくん》は、さすがにやり過ぎの感がある。それぞれが金糸銀糸の刺繍《ししゅう》を施され、真珠《しんじゅ》や珊瑚《さんご》や瑪瑙《めのう》をちりばめた帯留めや襟飾りと相まって、キラキラと篝火《かがりび》の灯りを反射するほどの煌《きら》びやかさだ。大きめの髷《まげ》には首が痛くなりそうなほどの髪飾り。もちろん体中に、ありとあらゆる装飾品が付けられている。

『なんというか……姫様自身が、歩く宝物庫といった感じですね。いえもちろん、私なんかは本物に入ったこともないのですが……』

葉霜宮《ようそうきゅう》の前で、見送ってくれた愁夜《しゅうや》の苦笑も当然のことだと思う。

（もし李安《りあん》が見たら、どう思うであろう？）

ついそのような思いが頭を掠《かす》め、何度目か知れないため息をついた。

宴と言えば、内殿の至る所が順に会場とされていた祖国と違い、この漣捷国《れんしょうこく》ではそのほとんどがこの宝泉宮《ほうせんきゅう》で行われる。他の宮に比べここだけは、手入れが行き届いているという理由からしい。そのため他の妃《きさき》の宮であるのに、耀姫はこの宝泉宮の園林《ていえん》の造りをかなり細かくまで覚えてしまっていた。

王の坐する北側の席の後ろには確か竹林がある。会場中央に設けられた舞台下と、朝廷人たちの席の下は、魚も泳ぐ見事な水路が張り巡らされていたはず。そして耀姫たちが座する妃嬪《ひひん》席の後ろには、いつかの饗宴《きょうえん》で耀姫が緊張に耐え切れず駆け込んだ大木が立ち並んでいた。

（李安……）

あの時のように、その場所で彼が己を待っているはずなどないのに、今すぐ席を立って駆け出したい衝動に駆られる。元より一人きりで座っている状態なので、耀姫が居なくなったとしても誰も気が付かないのではないか。そう思いかけて、今宵の衣装のあまりの華やかさに移動さえもままならないことに気が付く。

他の誰が動いても大した違いはないだろうが、耀姫《ようき》が動けばさすがに目につく。それほど妃嬪《ひひん》の中でも、一人浮いてしまっていた。

（もう帰ってしまいたい……）

俯《うつむ》く耀姫の肩を叩く者があった。

「これを慧妃《けいひ》様にと」

差し出された物を見て、信じられないような気持ちで瞬いた。幻でも見たのではないかと思い、大きな瞳を何度も擦《こす》る。けれどそれは消えない。幻ではない。

いつぞや李安《りあん》に髪に挿されたのと同じ緋牡丹《ひぼたん》が、恐る恐る差し出した耀姫のてのひらの上に、そおっと一輪置かれた。

「だ、誰が？」

彼以外には有り得ないという思いで、息が止まりそうになりながら問いかけると、花を渡してくれた女性は、そのまた隣の女性に問いかける。

「誰からなの？」

「さあ、私も隣から回ってきただけだから……」

「ならばその先の方は？」

席を立っては目立つのではという憂いも忘れ、耀姫は立ち上がり、横並びの女性たちに順番に問いかけていった。

「これはどこから？」

隣からという返事はさすがにもう聞き飽きた頃に、ようやく一番端の女性に辿《たど》り着《つ》く。しかし返ってきた答えは、「暗闇の中からただ、これを慧妃様まで回してくれと言われただけなので、どのような人だったのかもわからない」というものだった。

どうやら若い男の声だったという情報だけを仕入れ、それで送り主を探すことはもう諦めた。

耀姫はもう一度自分の席に帰り、意を決して髷《まげ》から簪《かんざし》類を引き抜き始める。

（確かめなくとも本当は、これを妾《わらわ》にくれたのは誰かわかっておる）

髪や衣に花粉が付かないようにあらかじめ処理され、髪に挿す茎の部分には肌を傷つけたりしないよう紙が巻いてある。様々な宴に出席する際、それを耀姫のために準備するのはいつも彼の仕事だった。その様子を耀姫も、隣に座ってよく見ていた。だから他の人物の所業とは思えない。否、思いたくない。

今宵もわざわざ準備してくれたのだろうか。もう自分が仕える相手でもない耀姫のために。

（ありがとう）

愛おしむようにそっと手で持ち、髪に挿した。他には何の飾りもなく、黒髪に艶《あで》やかな緋牡丹一輪。ようやく自分が、自分に戻ったような心持ちになる。

（この会場のどこかで、見ていてくれるのか？）

先ほどまでよりはよほど自信に満ちた気持ちで、宴の会場を隅から隅まで見て、その姿を探したいのに、浮かんできた涙でそれすらままならない。

（妾《わらわ》は大丈夫じゃ、どこかでそなたが見ていると思うだけで、こうして背筋が伸びる。胸を張れる。のう、李安《りあん》……）

もう完全に失ってしまったとばかり思っていた絆《きずな》が、まだこうして細く密《ひそ》やかに繋《つな》がっている。そう確かめられただけで、一人きりの宴も、もう辛くはなかった。

第五章

「ですから！　お贈りするならこちらの黄金の食器の方がいいと、先程から何度も申し上げているではありませんか！」

「いいや！　妾はそうは思わぬ！　こちらの青磁の茶器の方が何倍も良い！」

早朝から怒声が飛び交い、激しい言い争いの声が壁を震わせる日常も、葉霜宮《ようそうきゅう》では最早《もはや》当たり前となりつつあった。

朝食の準備をしている愁夜《しゅうや》も、宮《みや》の入り口を掃き掃除している陽円《ようえん》も、声のする房室《へや》の方へ顔を向けることもしない。

「慧妃《けいひ》様……よいですか？　祖国の御威光《ごいこう》を笠《かさ》に着ることは、なにも恥ずかしいことではございません。特に慧妃様は、容姿以外には他の妃方に勝るところもないのですから、こういう時は多少鼻につくほどに、金品にものを言わせた方が良いのです！」

明寧《めいねい》にきっぱりと言い切られ、耀姫《ようき》は顔を真っ赤にして憤った。

「な、何を言うのじゃ！　妾は絶対にそのような媚《こ》び方《かた》はせぬぞ！　こちらでいい！　この茶器の方が上品な色合いで、その上実用にも向いていて、巫女姫殿《みこひめどの》も絶対に喜ばれるっ！」

「贈り物に実用性を求めてどうするのです！　贈答品はそれに物としての価値があってこそ、受け取る側も、送り手の真心を測れるというものではありませんか！」

体が大きな上に、腰に両手を当てて高い位置からものを言う明寧《めいねい》の迫力はかなりのもので、耀姫《ようき》は内心、少し怯《ひる》んでいる。しかし、これからは自らの意見をきっぱりと主張しようと決意してからというもの、例えどのような場面であっても、迫力負けだけはしないようにと気負ってもいた。

特に今日の議論の対象は、神泉《しんせん》の巫女姫《みこひめ》への贈り物についてなので、余計に負けるわけにはいかない。耀姫は決死の思いで背伸びをし、明寧に対抗する。

「そのようなことはない！　少なくとも妾《わらわ》は、ただ高価な物よりも、贈ってくれた者がどれほど妾の好みや生活などを鑑《かんが》みてくれたか、それが感じられるような物の方が、貰《もら》った時に何倍も嬉しい！　巫女姫殿もきっとそうじゃ！」

「ご自身と巫女姫様の価値観が、同じだと信じて疑わないその根拠は？」

落ち着き払って腕組みした明寧から鋭く問《と》い質《ただ》され、耀姫は言葉に詰まった。

「それはその……妾の……勘じゃ」

はあっと大きな溜《た》め息《いき》と共に、問答はもうこれで終わりだと言わんばかりに、明寧に背を向けられてしまう。耀姫は必死に食い下がった。

「しかし、妾の勘もそう捨てたものではないぞ！　この間も夕食の献立を見事に言い当てたからの！」

「慧妃《けいひ》様ほど食にかける情熱がおありになれば、厨房《だいどころ》からの香りだけで献立ぐらいは当てられます！　当然です！　因《ちな》みに私にもわかります」

長裙《ちょうくん》ではなく、男性が穿《は》くような袴《こ》の裾を翻らせて、足音も荒く居室《いま》から出ていく明寧の後ろ姿を、耀姫は悔しい気持ちで見送った。

「くっ……やはり今日も勝てなんだか……」

その様子をくすくすと笑いながら、二人が卓子《つくえ》の上に出したままにしている食器や茶器を、莉香《りこう》が手際よく片付けてくれる。

「悔しそうですけど……どこか嬉しそうですね、姫様」

「わかるのか？」

耀姫は驚いたように瞳を瞬かせた。

「はい。もうずいぶん長くお傍に付かせていただいておりますので……明寧様と討論されるのを、姫様が最近は楽しんでらっしゃるようにお見受けいたします」

「そうじゃな……」

卓子の上に頬杖をつき、その上に耀姫は顎を乗せた。

「明寧に勝てねば、あの者には尚更《なおさら》勝てぬ気がするのでな……」

呟く耀姫《ようき》を、莉香《りこう》は嬉《うれ》しそうにふり返る。

「李安《りあん》様ですか？」

「うむ」

彼が教育係の役を辞してからしばらくの間は、耀姫はその名を口に出すこともできなかった。

しかし最近ではようやく心の整理がついて、こうしてポツポツと話題にすることもある。

その変化を、莉香はひどく嬉しそうに静かに見守ってくれていた。

「そうでした……李安様は、今は神泉《しんせん》の巫女姫《みこひめ》様の所にいらっしゃるのでしたね」

「うむ」

「それで贈り物一つにも、これほど真剣になられるわけですね」

「……うむ」

実を言えばそういう理由だったので、耀姫は少し恥ずかしいような気持ちで俯《うつむ》いた。

耀姫が親交の挨拶として、はたして巫女姫にどのような物を贈ったか。おそらく李安も見ると思えばこそ、ここばかりは譲れない。

「だから妾《わらわ》が選んだのではない物を、妾からとして巫女姫殿が受け取るのは嫌なのじゃ」

「ええ。わかります」

うっすらと火傷《やけど》の痕を残した莉香の左手に、耀姫は目を留めた。

「莉香は妾の心情をよく理解してくれるので嬉しい。でも妾の傍に居ることで、そなたには怪我《けが》をさせてばかりじゃ……まだ痛むか？」

「いいえ。もう全く大丈夫です。すぐに姫様が冷やしてくださいましたし、お薬もたくさんいただきましたので」

「すまぬの……」

「お気になさらないでください」

つい二日ほど前、耀姫の朝の洗面のために水を張った盥《たらい》に、冷たすぎるだろうからと莉香はお湯を足してくれようとした。それが運悪く、身じろぎした耀姫と肘が当たり、莉香は軽く火傷を負ったのだが、すぐに盥の中に手を付けさせた耀姫の機転で、ひどいことにはならなかった。しかしまた自分のせいでと、耀姫が己を責めたのは言うまでもない。

「明寧《めいねい》にも同じくらいお湯がかかったはずじゃが、『私は鍛えていますから平気です』と手当さえ拒んでおったの」

「ええ。ですが姫様がくださったお薬は、後でちゃんと塗っておられましたよ」

「そうか。それならばよかった」

耀姫はホッと息を吐いた。今までの教育係の例に漏れず、明寧もまた耀姫の近くに居ることで、実は様々な危ない目に遭っている。

しかしその悉《ことごと》くを、あの強靭《きょうじん》な肉体と揺るぎない精神力で、「これくらいはたわいもないこと」とやり過ごしているのは、耀姫にとっても驚愕《きょうがく》だ。

『頭が良く、物知りで、しかもそれほど強いのだから、明寧《めいねい》に夫君《ふくん》が必要ないのは当然じゃな』

あくまでも尊敬の意味で、耀姫《ようき》はそう感嘆の声をかけたのだが、明寧には鬼のような形相で睨まれた。だから結婚などの話題は二度と明寧の前ではしないと、心に強く誓っている。

（まあ、妾《わらわ》とて妃《きさき》とは名ばかりの、寂しい身の上なのじゃがな……）

いっそ明寧のように己の実力を頼りに、男性の中で働くような人生もいいかもしれない。

（そうすればいつかは、かの者と共に働くこともあるかもしれんの……）

できもしないことを夢想しながら、頬《ほお》を緩める耀姫の耳に、なにやら騒がしい声が聞こえてきた。

「……なんじゃ？」

幾人かの人間が声高に何かを話し合っている声がする。それが次第に、耀姫のいる居室《いま》へと近付いてくる。

莉香《りこう》が気を利かせて、卓子《つくえ》の上にあった物をしまい、軽く耀姫の身だしなみを整えた。

「それは……後で私がどうにかする。それよりも姫様は……？」

切れ切れに聞こえてくる声に、耀姫の胸がドキリと跳ねる。

「ええ。いつものように中央の居室にいらっしゃいます」

愁夜《しゅうや》と親しげに言葉を交わしている、あのあまりにも聞き覚えがある声はもしや――。

「じゃあ一足先に行って、取りあえず来訪を伝えてくれ。私は巫女姫様と共に、すぐに伺《うかが》う」

「わ、わかりました」

そんなはずはないという思いと、そうに違いないという思いで、耀姫の体は指先まで急速に冷えていく。パタパタと廊下に足音を響かせながら、愁夜が息せき切って居室《いま》に飛び込んできた時には、本当に榻《ながいす》から飛び上がってしまいそうなほどの緊張感だった。

「ひ、姫様。神泉《しんせん》の巫女姫《みこひめ》様が、ぜひお願いしたいことがあるとかで、お見えになりました！」

（やはり！）

あの声は李安《りあん》に違いなかったのだと、耀姫の心臓はいよいよ早く鳴り始める。

「巫女姫殿が？　ど、どうしたのであろうの？」

かろうじて紡ぎ出した言葉が、かなり白々しい取ってつけたような科白《せりふ》になってしまったことは、耀姫にも自覚があった。しかしどうすることもできない。

もう半年ほども顔を見てさえいない李安と、ひょっとすると今ここで再会するかもしれない。そう思うと、何も考えられず、どんな言葉を出したらいいのかも全く浮かばない。

「ど、どうぞ、ご遠慮なくと言って良いぞ。と、通せば良い……」

耀姫が震える声で皆まで言い終わらないうちに、静かな声が居室に響いた。

「それではお言葉に甘えまして、遠慮なく入らせていただきます」

「…………！」

華やかな衣装に身を包んだ小柄な少女と、その体を支えるようにして傍に立つ若者が、居室の入り口から入ってきた瞬間、耀姫《ようき》の体はまさに宙に浮いた。

（ほ、ほんとに来おった！）

できることならばそのままこの場所から逃げ出してしまいたい衝動を、必死で抑える。否、実際には抑えが利かず、横に立った莉香《りこう》が宥《なだ》めるように肩を抱き締めてくれていたのだが、茫然自失《ぼうぜんじしつ》の体《てい》の耀姫には、今の自分の状態さえ良くわかっていない。居室に入ってきた二人を食い入るように見つめ、魂が抜かれたような状態だった。

どこかフラフラと足元のおぼつかない体を李安《りあん》に支えられた少女は、耀姫を前にし、深々と頭《こうべ》を垂れる。

「突然このような形でお伺いいたしまして、本当に申し訳ございません。お初にお目にかかります。旺杏珠《おうあんじゅ》と申します。神泉の近くの露翔宮《ろしょうきゅう》を賜《たまわ》り、神泉にお仕えしている者ですが、その宮が……」

言いかけて大きく息を呑み、込み上げている何かを必死で堪えている様子の少女に、李安がそっと手を伸ばす。

その光景をとても直視できず、耀姫はわずかに目線を床にずらした。肩を抱いてくれる莉香の手に、少し力がこもったようにも感じた。

「今朝方ふいに……」

言葉を継げない巫女姫に代わり、李安が説明を付そうとしたが、巫女姫はそれを、「いえ。私からお願いを」と制した。

見た目はまだ幼く愛らしいばかりの少女のようなのに、その中には凛《りん》とした芯の強さを感じ、耀姫は少し感嘆の念を覚える。

「火の手が上がりまして、現在もまだ燃えております……皆取る物も取らず逃げ出したのですが、逃げ遅れて未だ宮の中に取り残されている従者もおります……つきましては、この宮の片隅でも傷ついた者のためにお貸し頂けるとありがたいのですが……」

先ほどまでの緊張も、胸が軋《きし》むような想《おも》いも全て吹き飛んだような心持ちで、耀姫は叫んだ。

「もちろんじゃ！　いくらでも勝手に使ってもらって構わぬ！　足りないものがあったらすぐに準備するのでなんでも言ってくりゃれ！　消火の人手は足りておるのか？　水は？」

思いつくまま言葉にすると、瞬《また》く間《ま》に巫女姫の表情が崩れ、その場にぺたりと座り込む。

「よかった……！　ありがとうございます。人手は方々の宮からお貸し頂いて足りております。水は……どちらにも余分にはないでしょうから……」

安堵《あんど》のあまりに腰が抜けたらしい巫女姫に、耀姫は自分の向かいの榻《ながいす》に座るようにと勧める。

たどたどしい足取りで素直に勧めに従った巫女姫も、その後ろに控える李安も、よく見れば頬や衣が煤《すす》に汚れていた。火事という言葉が一気に現実感を持って目の前に迫り、耀姫は背筋が冷えるような思いだった。

（そなたも火の中に居たのか？）

李安《りあん》に問いかけたいけれども、切り出すことができない。本心をひた隠しにするかのように、巫女姫にばかり話しかけてしまう。李安もまた、耀姫《ようき》に話しかけてこようとはしなかった。

すぐ近くに居るのに、以前とは互いの立場も、二人の間の距離もまったく違う。その変化がどうにも苦しく、胸が張り裂けそうになる。

どうやら怪我人《けがにん》が到着したらしく、その応対のために巫女姫はいったん居室《いま》を出ていった。その後を追い、共に居室を出かけた李安は何を思ったか、入り口にまで進んだ所でふいに耀姫をふり返る。

「それでは、巫女姫様の付き添いとして私もまた近いうちにお伺いいたします。またお会いいたしましょう、姫」

当然のように『姫』と呼ばれ、深々と頭を下げられ、一瞬耀姫の呼吸が止まった。

もしかすると李安はもう二度と、自分と口を利くことはないのではないかと、心のどこかで憂えていた気持ちが急速に溶けて、涙となり溢《あふ》れ出《だ》しそうになる。

たかが言葉をかけられただけで、これほど気持ちが動揺することが悔しく、耀姫は唇を噛《か》み締めた。

「そなたが今仕えている『姫』は妾《わらわ》ではないわ……このたわけ！」

半年ぶりにようやく会うことが叶い、こうしてついに言葉を交わし、心は大いに震えているというのに、口をついて出てくる言葉は、どうしてこうも可愛《かわい》げのないものばかりなのだろう。自分でも呆れてしまう。

李安は何と返すか。怒ってそのまま出ていってしまうか。今度こそ本当に愛想を尽かしてしまうか。それとも倍ほどの嫌味《いやみ》が返ってくるか。

握っていた扇子が曲がりそうなほどに手に力を込め、どのような言葉でも甘んじて受けようと気負っていた耀姫《ようき》の思いを、李安はものの見事に裏切った。

「いえ、巫女姫様はあくまでも巫女姫様です。私の『姫』は、後にも先にもたったお一人ですから」

涼しげな顔でそう意味深に言ってのけると、半年前と何も変わっていない背中は、そのまま居室《いま》を出ていった。金縛りにでもあったかのように、耀姫は呼吸三回分くらいの間は、体どころか頭の中さえもまったく動かなかった。

(今……なんと言った?)

返された言葉があまりにも予想外で、俄《にわ》かには理解し難い。

(それはつまり……李安にとっての『姫』は、ずっと妾《わらわ》だということか……?)

ようやく思考が追いついた瞬間に、力の抜けた手から扇子がポトリと落ちた。

「李安！　この痴《し》れ者《もの》っ！」

からかわれたのだと思い当たり、投げた言葉の先にはもう李安《りあん》の姿はない。とうの昔に居室《いま》を出ていっている。悔し紛れに拾い上げた扇子も投げてみたが、真っ赤に染まった頬の熱はどんどん高くなるばかりだった。

「姫様、よかったですね」

微笑《ほほえ》みかけてくれた莉香《りこう》に、「な、なにがじゃ？　妾《わらわ》は全然……」と意地を張りかけたが皆まで続けられない。限界値にまで達していた想いが突然堰《せき》を切ったかのように、ポロポロと涙が溢れ出して、耀姫《ようき》はもう何が何だかわからず、ワッとその場に泣き崩れた。

「な、なんじゃ、あやつは！　半年ぶりに会ったというのに、ろくに挨拶もせず……」

莉香が何も言わずに、耀姫の背を撫でてくれる。その優しい感触に身を委《ゆだ》ねると更に、涙はますます止まらなくなった。

「おかしなことを言うて、妾を惑わすでないわ……！」

おかげですっかり動転してしまい、耀姫自身は言いたいことが何も言えなかった。

半年前に急に役を辞したことへの苦言も。それきり何も連絡してこない薄情さへの嫌味も。

巫女姫歓迎の宴では髪飾りを準備してくれたお礼も。

訊《き》きたいことも話したいことも、数えきれぬほどにあったのに。そしてなにより――。

（あの時、あのようなことになってしまって、そなたを困った立場にさせてしまい、すまなかった。ずっと……ずっと謝りたかった）

その思いでさえ、何一つまだ伝えられていない。

「大丈夫ですよ。これからしばらくは、巫女姫様と一緒に李安様もこの葉霜宮《ようそうきゅう》におられるでしょうし、また以前のようにこちらにも頻繁にお見えになると思いますよ」

しかし今度は、それならばそれで、到底叶うはずのない想いをいよいよ抱えこんでしまいそうで困る。「うん」と莉香の腕の中で頷《うなず》いてはみたものの耀姫はどうしても、複雑な気持ちを感じずにはいられなかった。


杏珠《あんじゅ》が葉霜宮に間借りしてからというもの、耀姫の方こそ、頻繁に彼女の元へと通うようになった。年も近く、あまり気取らない性格の杏珠とは話も合い、一緒に居るのがとても楽しい。時には共に、明寧《めいねい》や李安の講義を受けることもある。

昔から望んでいたように、ようやく心からの友を得た思いだったが、そこには他の喜びもないとは言い難い。杏珠に会いにいけば、おのずと彼女に仕える李安もそこに居るので、それを心のどこかで望んでいないとは言い切れない。とは言え顔を合わせれば、喧嘩《けんか》腰の態度しか取れず、そんな自分が耀姫は歯痒かった。

「たいへん！　たいへんでございます、姫様！」

遠くに愁夜《しゅうや》の声を聞きながらも、耀姫《ようき》はまだ呑気《のんき》に、菓子器の中に盛られた次の蒸し菓子に手を伸ばそうとした。その行動を、神泉《しんせん》の巫女姫《みこひめ》である杏珠《あんじゅ》にやんわりと諫《いさ》められる。

「耀姫様、従者の方が呼んでおられますよ」

「うむ」

可愛《かわい》い顔をしてなかなか堅物なこの少女は、自分が何よりもお役大事な性分のため、耀姫にまでもそれを求める。

「早く行かれなければ……菓子ならちゃんと取っておきますから」

すかさず救いの手を入れられ、なんと単純なのだと自分でも思いながらも、耀姫はすぐに榻《ながいす》から立ち上がった。

「うむ。ではまた参る」

居室《いま》の隅で巻子《かんす》を呼んでいたはずの人物が、溜《た》め息《いき》をついたように感じる。耀姫の気のせいだろうか。

「なんじゃ李安《りあん》。何か文句があるならはっきり申せ！」

語気も荒く問いかけると、素知らぬ顔を向けられる。

「なにもございません。そもそも私はもう姫様の従者ではないのですから、姫様がどこで何をしておられても、食事と食事の間にどれほど間食されても、まったく困ることはございません。ですからどうぞ、お好きなようになさってください。しかしまあ、あえて言わせていただきますならば……」

手にしていた巻子を自らが掛けていた椅子の上に置き、やおら李安がこちらに近づいてくるので、耀姫は我知らず後退《あとずさ》りする。

「な、なんじゃ」

どれほど強気を貫き通そうとしても、迫りくる李安の顔には、意志も意地も全て砕かれる。李安がこちらに向かって指を伸ばし、耀姫は思わず目を閉じた。頬に触れる冷たい指先。それが体中を這った時の感覚が背筋に甦《よみがえ》り、いたたまれない気持ちになる。

（李安！）

必死の思いで耀姫は己を両腕で抱きしめたのに、李安の指先は軽く頬に触れただけで、またすぐに離れていく。

「餡《あん》が付いておりますよ、姫様。あまりにがっつき過ぎです」

あっさりと言ってのけたばかりか、どうやら耀姫の頬から拭い取ったらしい餡を舌で舐《な》め、しれっと元の席に帰る。その一連の動作が全て終わるまで、耀姫の方は口を利くこともできなかった。それなのに李安は、椅子に座ったならすぐに、また表情のない顔を向けてくる。

「早く行かれないと愁夜の方が、先にこちらに辿《たど》り着《つ》いてしまいますよ」

折しもその声に「姫様ぁ！」とすぐ近くで、耀姫《ようき》を呼ぶ焦った声が重なった。

「すぐに行く！」

大声で叫び返してから、耀姫は再び李安《りあん》に向き直る。しかし――。

「なんですか？」

軽く頭を振りながら真《ま》っ直《す》ぐに見上げられれば、もうそれだけで何も言えなくなる。

「なんでも、なんでもないわっ！」

急いで背を向ける刹那、李安が微《かす》かに笑ったような気がしたが、ふり返って見ればもう完璧なまでの無表情で巻子《かんす》を読《よ》み耽《ふけ》っていた。止《や》む無《な》く耀姫は、再び彼に背を向けた。

「それでは巫女姫殿、また参る」

「はい、耀姫様。お菓子をご用意してお待ちしておりますね」

耀姫がすぐ横を通り過ぎ、居室《いま》を出ていく時も、李安からは何の言葉もない。いつも通りのその対応に小さく嘆息しながら、耀姫は杏珠《あんじゅ》の居室を出た。


まるであの半年前の夜や、先日の『姫』発言がなかったことのように、李安との関係は元のように戻っている。変に気を遣わずに済み、気楽なことには違いなかったが、お蔭《かげ》で本音は何一つ告げられないままだ。謝罪の言葉も感謝の言葉も未だ伝えられていない。

（それがどこかに引っかかっておるから、こんなにイライラするのではないかえ？）

やり場のない思いを自らの中に封じ込めようと、耀姫は固く両手を握りしめる。

（いっそ妾《わらわ》の方から、切り出してみようか……）

しかしそれで、抑えきれなくなった想いがまた溢れ出してしまわないとも限らない。そこでまた李安に、思いがけなく優しくなどされたら、半年前のあの夜のように、もう一度縋《すが》りついてしまうかもしれない。

（今の対応を見ている限り、それはまったく考えられないがの……結局妾は、いつまで経《た》ってもあの者に囚《とら》われておる……）

初めて会った瞬間から、視線と気持ちの全てを奪われて、未だ自由は戻らない。否、そもそもこれから先も、この想いから離れられる時など果たしてくるのだろうか。想像もできない。

（まさか一生、叶《かな》わぬ想いを抱えてこのまま……？）

そう考えると恐ろしくなり、ぶるっと身震いしたところに、愁夜《しゅうや》が曲がり角から顔を出した。

「よかった姫様！　やっぱり巫女姫様のところにおられたんですね。すぐに自室にお戻りください。急いで準備しなければならないことがいろいろ待ってますよ！」

どこか弾《はず》むような愁夜の声に、いったい何があったのだろうかと耀姫の心も明るくなる。

「なんじゃ珍しい、新しい献立でも出来たのか？　愁夜の料理は実に美味《うま》いからのう」

たった今、杏珠と共に甘い菓子を食べたばかりだというのに、耀姫《ようき》の胃袋は底なしのようだ。細い体のいったいどこにと訝《いぶか》られるほどに、美味《おい》しい物ならいくらでも入る。

しかし耀姫の希望的予想に反して、愁夜《しゅうや》は笑顔のままで首を横に振った。

「そんなことじゃありませんよ、もっといいことです」

「いいこと？」

美味《おい》しい夕食以上にいいことなどこの世にはないはずだと、耀姫は首を傾《かし》げる。その耀姫の目の前に、愁夜は一通の書を恭《うやうや》しく差し出した。

ふわりと香った薫風に、耀姫は何故《なぜ》か胸騒ぎを感じた。愁夜の嬉しそうな顔とは裏腹に、ひどく困った事態が起きつつあるような嫌な予感がする。

「誰からだと思います？」

答えは何通りか頭に浮かんだが、耀姫は口には出さなかった。黙ったまま書を開く。紙を動かす度に微かに薫る高貴な香りこそが、すべての答えだと思った。

『今宵《こよい》、そなたの宮に参る。長く一人にしてすまなかった。恨み言などもあるだろうが、まずは夫婦としての縁を結び直そう。楽しみにしている。忠篤《ちゅうとく》』

力強さを感じさせる筆跡で、文末には御印もあり、それは王からの直々の手紙に間違いない。

「そんな！」

思わず耀姫が取り落しそうになった書を、愁夜が慌てて拾い上げた。

「よかったですね、姫様。本当に時間がかかりましたが、ついに陛下がこの葉霜宮《ようそうきゅう》にお見えになるのですね」

涙ぐんでいる愁夜にしてみれば、それは確かに晴れがましく誇らしいこと以外の何でもないだろう。心から喜んでくれている。しかし耀姫にとっては、これまですっかり記憶の彼方《かなた》に押しやっていた現実を、いきなり目の前に突き付けられたような心持ちだった。

（そうであった、妾《わらわ》は王の妃《きさき》だった……）

口ばかりそれをくり返していた時期も過ぎ、最近では本当に、すっかり忘れてしまっていた。自覚などまったく無かった。しかし耀姫は、忠篤と婚姻の儀も済ませた、正真正銘の妃である。夫が妻の宮を訪れるのは当然であるはずなのに、それが結婚から半年以上が経った末の行動であるため、従者たちにも耀姫本人にも、かなりの動揺が走っている。

純粋に喜んでいればいい従者たちよりも、耀姫の驚きはもっと深刻だった。

（どうしよう！）

形ばかりの夫婦だと信じ切っていたため、このような時がくるとは思ってもいなかった。今更自分が、夫婦として忠篤と一夜を過ごせるとも思えないし、それをすれば大変な事実が明るみに出ることもわかっている。耀姫にとってはまさに一大事だ。

耀姫《ようき》は忠篤と夫婦の関係を持っていない。故に本来は、未だ純潔の乙女であるはずだが、実際はそうではない。半年前のあの夜、李安《りあん》に無理を言ってこの身を捧げた。

王が自分の元に来ることはこれから先も決してないだろうと、安易に考えていなかったかと訊《き》かれれば、耀姫には反論もできない。しかし確かに、来るはずないと思ったのだ。なのにここにきて、その予想が見事に裏切られようとしている。

耀姫は息を呑《の》んで背後をふり返った。今出てきたばかりの杏珠《あんじゅ》の居室《いま》に戻り、李安《りあん》に相談しようかという思いに駆られる。しかしその考えをすぐに、頭を振ることで心から追い払う。

（ダメじゃ、ダメじゃ！　絶対に、李安に迷惑をかけるわけにはいかぬ！）

決意を込めてこぶしを握りしめながら、あれこれと思案した。その様子を見ている愁夜は、完全に勘違いをして、実に嬉しそうだ。

「大丈夫です。そんなに悩まれなくても、ちゃんと皆で準備して、最高の夜にしてみせます！」

「うむ」

相変わらず相手の話をきちんと聞くこともなく、ただ何となく返事を口にしながら、耀姫は己の臥室《しんしつ》に向かって歩き始める。その実、頭の中では、どのようにして今宵、忠篤を拒むかの算段ばかりを考えていた。

（食事に一服盛るか？　思い切り酒を飲ませるとか？　いっそのこと妾《わらわ》が、この後宮から脱走するというのはどうじゃ？）

　どうすれば従者たちにも李安にも迷惑がかからず、且つ後で忠篤を納得させられるのか。熟考は終わりが見えない。

（こういう時こそ、あの者に訊《たず》ねたならば、妾では思いつかないような妙案を出してくれるのだろうがな……）

　名残惜しく背後をチラチラと見ながらも、ここで甘えてはならないと耀姫は唇を引き結ぶ。

（よい！　妾が自分の力でなんとかする！）

　そのような決意がなされているとも知らず、愁夜《しゅうや》はいつまでも嬉《うれ》しそうに背後から耀姫に声をかけ続けた。

「いやあ、よかったですねぇ……本当によかった」

「う、うむ……」

　その言葉に心から賛同できないことが、耀姫にはかなり心苦しかった。


　真夜中になるという王の来訪に向け、耀姫は夕食の後に、日々の予定にはない入浴を行った。隅々まで侍女たちに洗い上げてもらった素肌に、美怜《みれい》が余すところなく香油を塗り込む。甘い酩酊《めいてい》感を覚えるその香油は、宴などの時に髪に塗る物とは違うのではないかと耀姫が問いかけると、美怜は少し妖しげな顔で、艶《あで》やかに笑ってみせた。

「それはそうです。特別な夜に使う香油ですから。これでどのような殿方でも、姫様の虜《とりこ》でございますよ」

意味深に微笑まれ、耀姫《ようき》は顔から火が出そうな心持ちだったが、侍女たちも宮女《きゅうじょ》たちも皆、素知らぬ顔だ。着々と準備を進めていく。

用意されていた夜着は、いつもの白い単衣《ひとえ》ではなく、真っ赤な内衣《うちごろも》に、真っ赤な襦裙《じゅくん》だった。

「ほ、本当にこれを着るのか？」

悪い冗談なのではないかと、耀姫は頬を引《ひ》き攣《つ》らせたが、どうやら冗談でも嘘《うそ》でもなく、これっきとした初夜の夜の決まりごとらしい。

牀榻《しんだい》に敷き詰められた衾襦《ふとん》も、天井から垂れ下がる絹の紗《うすぎぬ》も、全てが赤で、その中に一人放り込まれた耀姫は、気分が悪くなってしまいそうだった。

「あからさまに牀榻の上でお迎えするのもどうかと思いますので、榻《ながいす》に座られていてもいいですよ。あまりに赤色に溶け込んで姫様がどこに居らっしゃるかもわからないほどですので、初めのうちは他の色の長襦《ちょうじゅ》を羽織られていても構いませんし……」

「もちろんそうする！」

莉香《りこう》の心遣いに、耀姫は喜び勇んで牀榻から飛び降りた。

「それでは、そろそろお越しだと思いますので、私どもは失礼いたしますね。明日の朝、頃合いを見計らって、朝食はどうされるのかをお伺いに参りますので、それとなく陛下にもお訊《き》きしておいてください。愁夜はすっかり陛下にも食べていただくつもりで、下ごしらえしておりましたけれど……それでは姫様、頑張ってくださいませ」

「う、うむ」

常は閉めない臥室《しんしつ》の入り口にまで、衝立《ついたて》が準備されていて、王が入ってそれを閉めたならば、次に出ていくまでは完全に耀姫と二人きりになるという仕組みだ。

（ふ、二人きりになってどうするのじゃ！）

着てはいるものの甚《はなは》だ生地が薄く、素肌が透けて見えるような赤い内衣《うちごろも》を、耀姫は上から羽織った長襦ごと胸元でかき合わせた。

（どうしよう……）

夕刻からずっと考え続けていたが、未だいい案は浮かんでいない。

（急に具合が悪くなったとか……そう！　腹が痛くなったとか？）

しかし、もしそんなことを言い出せば、夕食が良くなかったのではないかと愁夜《しゅうや》が咎められるかもしれない。それに、ひょっとしたら共に菓子を間食した杏珠《あんじゅ》も。

（それではダメじゃ……ああ、もう！　いったいどうしたらよいのじゃ！）

何か言い訳を考えれば、それに関係する誰かに咎が向かうかもしれず、慎重に考えれば考えるほど、何の案も浮かんでこなくなる。

卓子《つくえ》に頬を付けて突っ伏していると、臥室の入口の方からガタゴトと大きな音がした。

「なんだ？　ずいぶん厳重だな」

衝立を動かして臥室の中に入ってきたその人物は、入り口を再び衝立で遮ることもせず、耀姫《ようき》に向かって鷹揚《おうよう》に手を上げる。

「よっ綺羅姫《きらひめ》、久しぶり。元気にしてたか？　それにしてもなんともすごい恰好《かっこう》をしてるな」

軽い調子で声をかけられ、からかうような表情で全身を見られ、耀姫は顔から火が出るような思いだった。

（そうじゃった！　あまりに長く会わなんだですっかり忘れておった！　こやつはこういう奴じゃった！）

一国の王の人となりを言い表すにはあまりに失礼な表現で、耀姫はおよそ七カ月ぶりに間近で向き合った自らの夫を評した。

「うまっ！　これがその愁夜って宦官《かんがん》の焼き菓子？　本職にもなれるんじゃないか？」

「そうじゃろう？　そしてこちらが、巫女姫《みこひめ》殿のところの宮女《きゅうじょ》の蒸し菓子じゃ」

「これもうまっ！　私の料理係の何倍も腕がいいぞ？」

「だろう、だろう」

したり顔で腕組みしながら、耀姫はふと、自分は何をしているのだろうと首を捻《ひね》った。

夜中に尋ねてきた夫のために、形ばかり茶と菓子を出してみた。それはほぼ形式的なものなので、おそらくすぐに二人で牀榻《しんだい》に上ることになるはずと、宮女《きゅうじょ》たちは声を揃《そろ》えて言ったが、何故か忠篤《ちゅうとく》は、耀姫が茶と菓子を出すと、顔を輝かせて椅子に座った。

「うれしいなあ、お腹《なか》がすいてたんだよなあ」

「そ、そうか」

あまりに良い食いっぷりに惹《ひ》かれて、耀姫も向かいの椅子に腰を下ろした。そしてそのまま、忠篤が臥室《しんしつ》に来て小半時過ぎた今も、未だ菓子をつまみながら二人でお茶を飲んでいる。

「どう？　後宮にはもう慣れた？　って今更だな……」

「そうじゃ、あまりに遅すぎる」

口を尖らすと、身分には似つかわしくない気軽さで、「すまんすまん」と頭を下げられる。

「いやあ、いろいろ忙しくてさ」

それは他の妃《きさき》の所に通うためかと、形だけでも妬《や》いてみせればよかったのかもしれないが、咄嗟《とっさ》にそこまでは気が回らなかった。

「そうか。まあ別に構わんがな」

心のままを答えてしまい、忠篤にじっと顔を見つめられる。

「なんじゃ？」

「いやあ、綺麗だなと思って」

「――――っ！」

飲みかけていたお茶を吹き出してしまい、耀姫《ようき》はゴホゴホとむせた。

「な、なん……っじゃ、いきなり……ゴホッ」

息も絶え絶えになりながら険しい視線を向けると、悪びれもせず開き直られる。

「いや、思ったままを言ったまでだけど？　さすがに『綺羅姫《きらひめ》』と称されるだけあって、元から群を抜いた美しさだったけど、この半年の間に、なんだか憂いを帯びて艶《つや》が増したって言うか……ひょっとして恋でもした？」

そのままズバリを言い当てられ、耀姫は驚きのあまりにひっくり返ってしまいそうだった。しかしここで胸に秘めた想《おも》いが忠篤《ちゅうとく》にバレ、それで李安《りあん》に咎がいくということにでもなれば、悔やんでも悔やみきれない。必死に首を横に振る。

「そ、そんなわけないであろう！」

「そうかな？　そういうことに関しては、私はかなり勘がいいと思うんだけどな……ひょっとして隠さなくちゃって焦ってる？　だったら余計な気遣いだよ。綺羅姫が誰かに恋をして、その人と幸せになれるんなら、それは私にとって本望だ」

「……えっ？」

なんだか今、とても有り得ない言葉を聞いた気がする。眉間に皺《しわ》を寄せて首を傾げた耀姫を笑い、忠篤がまたよくわからない言葉をくり返す。

「だから、私に縛られることなく好きな人と幸せになってくれれば、それでいいって」

「なんじゃそれは？」

疑問の気持ちを通り越し、どこか腹立たしくさえあり、耀姫は卓子《つくえ》を握りこぶしで叩いた。

「妾《わらわ》はそなたの妻じゃぞ？　それなのに好きな人と幸せに……とはどういうことじゃ！」

「あれ？　ひょっとして本気で私のことを好いてくれている？　だったらちょっと話が変わってくるけど……」

意外そうな顔でこちらを見られるので、耀姫は即座に頭を下げた。

「いや、それは絶対にない。すまぬ」

「絶対か……ははは」

忠篤は顔の半分を大きなてのひらで覆って、声を出して笑い始めた。

「さすがに、そこまできっぱりと否定されると傷つくなあ……」

「だから、すまぬ！」

何度も頭を下げる耀姫を、忠篤は手で制する。

「いや、謝らなくてもいいよ。それは初めからわかってたことだし、だからこそ綺羅姫ならまあいいかなと、妃《きさき》に迎えたんだし」

「…………？」

矛盾に満ちた言葉に、耀姫《ようき》は首を傾げる。その様子を見ながら、忠篤の顔が皮肉気に笑う。

「王として、多くの妻を持たなければならない。しかし私は誰のことも愛せない。ならば初めから私に愛を求めることはないような女性を妃に迎えるというのは、賢《さか》しいことなのかな……愚かなことなのかな……自分でもよくわからん」

「………妾《わらわ》にもまったくわからぬ。そなたが何を言うているのか」

「ははは、独り言だと思って聞いてくれれば、それでいいよ」

軽い笑い声を響かせながらも、その笑顔はどこか寂しげに見え、耀姫は忠篤《ちゆうとく》の茶器にお茶のお替りを注いだ。落ち込んだ時には甘い菓子と温かいお茶。それはこの半年間、耀姫が心して実践してきた己を鼓舞する術《すべ》だ。

「だからと言って妃《きさき》にした人が、私と同じように一生誰も愛さず、鬱々《うつうつ》と過ごしていくことを望んでいるわけじゃない。もし望む相手がいるのなら、私は敢《あ》えて知らないフリをすることもできる。というのがまあ、私の本音なんだけど……どう？　本当に想う相手はいない？」

ふいに尋ねられ、耀姫は手にした茶器を取り落しそうに驚いた。

「い、いるわけなかろう！」

「そうか……」

それきり黙り込んで、お茶に口をつける忠篤の様子を、チラチラと窺《うかが》う。今の話は本当か、それとも耀姫が罪を犯したと予《あらかじ》め知っていて白状させようと罠《わな》を張ったのか、飄々《ひようひよう》とした態度からはまったく読めない。判断に困る。

（本当ならばそんな有難い話はないが……有り得ぬよな……）

　嘆息しながら、耀姫は口を開いた。

「そもそもなぜそなたは、誰のことも愛せないなどと端から斜めに構えておるのじゃ？　こうして会って話してみなければ、数いる妃一人一人の人となりも、わからぬというものだろう。話してみればその中には、そなたのそのひねた恋愛観を覆すような者もおるかもしれぬぞ。全ての妃嬪《ひひん》とこうして向き合ったことがあるのかえ？　ないのならば『誰の事も愛せない』などと、カッコつけて言うでないわ！」

　一気に話し終わってお茶をすすると、向かいの忠篤は驚いたように耀姫の顔を見ていた。

「なんじゃ？」

「いや……ビックリした」

「なにがじゃ？」

「いや………ちょっと話がわかってくれそうな妃には、この話をすることにしてるんだけど、喜んでもらえこそすれ、私自身が叱られたのは初めてだったんで、つい……いやあ……」

　まるで憑《つ》き物《もの》が取れたかのように、どこか晴々とした顔で耀姫を繁々《しげしげ》と見つめてくる。その様子がどうにも居心地悪かった。

「そんなに見るでない」

「あなたは見た目だけじゃなく心根も綺羅姫なんだね……いやあ、惜しい！　もしあなたが選んだのが本当に私だったらそれこそこの偏屈な恋愛観も覆《くつがえ》っていたかもしれないのに……！」

卓子《つくえ》の上に置いていた手をふいに握られ、耀姫《ようき》はかなり焦った。

「いっそこのまま本当の夫婦に……と言いたいところだけど、それはやっぱりあなたの本意ではないな……だからこのまま仮面夫婦を続けよう……いいね？　今日はそれを確認しにきたんだ。じゃあ」

ギュッと一瞬強く耀姫の手を握ってから、忠篤《ちゆうとく》はやおら立ち上がった。

「ま、待て！　どこにいくのじゃ？」

慌てて制止する耀姫をふり返り、軽く笑ってみせる。

「飛雲宮《ひうんきゆう》に帰るか、体だけ私を温めてくれる恋人の所にでも行こうかと思ってたけど……綺羅姫の説教で気が変わったな。うん。私の綺羅星《きらぼし》がどこかにないか、探しにでもいくよ。じゃ」

そのまま臥室《しんしつ》を出ていこうとする背中に、耀姫は慌てて問いかける。

「妾《わらわ》はこれからどうするのじゃ！　今淹《い》れたばかりの新しいお茶は？」

てっきり今宵《こよい》、忠篤と床を共にするのだと思い、あれほど悩んでいたのに、思いがけなく退室されそうになり、今度は必死に引き留めようとしている。

自分が何を言って何をしているのだか、耀姫にはまったく自覚はないままだったが、笑ってはいてもどこか寂しげな背中の忠篤を、このまま行かせてしまうことがどうにも躊躇《ためら》われた。

「いつものように、朝までぐっすり眠ればいいよ。お茶は……」

言いながら臥室の入口を出た忠篤はそこで足を止め、壁の向こうの柱の陰《かげ》に視線を下げた。

「………大丈夫みたいだ。もう従者でもないだろうに、こんな夜更けまで警護とはご苦労なことだ」

最後の方は明らかに声音が変わり、自分宛てではなかった言葉に、耀姫は首を傾《かし》げながら立ち上がった。

「なんじゃ？」

忠篤は闇に沈む廊下の一点を見つめ、実に嬉《うれ》しそうに笑っている。

「心配で見にきたのか？」

「そういうわけではありません。ただ……」

「私が綺羅姫に手を出すんじゃないかって？」

「……意外と感情に流されやすいご気性も、武勇伝には事欠かない色男ぶりも、良く存じ上げておりますので」

「そんなに大事なら、意地を張らずにさっさと私の提案に従えばいいだろう」

「………」

「即座に拒否しないということは、迷うほどの気持ちのふり幅はできたということだな。本当に綺羅姫には感謝だ、ははっ」

高らかに笑いながら、臥室から出ていく忠篤はいったい誰と話していたのだろう。耀姫《ようき》からは見えない。しかし、その声には確かに聞き覚えがあり、耳にした瞬間からまた体が竦んで一歩も動けなくなった。

(待て！　待って！　ま……しかし……何故《なぜ》じゃ？)

声の主に覚えはあるものの、その人物が何故そこに居るのかにはまったく頭が働かず、ピタリと思考が停止する。

その耀姫の前に、件《くだん》の人物は入り口の衝立《ついたて》までしっかりと閉めて歩み寄ってきた。

「り、李安《りあん》！　そなた何をしておるのじゃ？」

驚きのあまりに悲鳴のような声をあげれば、即座にてのひらで口を覆われる。

「静かにしてください。誰か来たらどうするんですか。と言っても、陛下がおられると皆は思い込んでいるので、多少の物音にも悲鳴にも、気付かないフリするに決まっていますが……」

言いながら李安が手を放してはくれたが、それはそれで彼の言になんと返答したらいいのかわからない。あまりにも気まずい。耀姫は狼狽《うろた》え、取りあえず李安に椅子に座ることを勧めた。

「ま、まあ茶でも飲まぬか？　陛下もたいそう気に入っておったが、愁夜《しゅうや》の菓子も巫女姫殿のところの菓子も、本当に上手いぞ。あ、いや……そなたはどちらも良く知っておったな……」

思うがままに話してみたはいいものの収拾がつかなくなり、菓子の並んだ卓子《つくえ》の前で俯く耀姫の前に、李安は更に一歩近づく。

「私は姫様とお茶を飲むためにここにきたのではありませんか？　陛下との会話を聞いておられたのではないのですか？」

「や、まあ……その……」

聞いてはいたがその半分はよく意味がわからず、わかった部分も俄《にわ》かには信じ難い。困ったように視線を泳がせる耀姫の顎を、李安の冷たい指が捕らえた。

「今宵、陛下があなたの元に来られると聞いて、私がどのような気持ちだったか、おわかりになりますか？」

魂を吸い取られそうな瞳に間近から見つめられて、頭が真っ白になった。なんと答えたらいいのかわからず、ただふるふると何度も首を横に振る。

「い……いや……」

どこか腹をたてているふうだった李安の顔が、なお一層スッと冷えたような気がした。

「おわかりにならないのでしたら、教えてさしあげます」

そのまま微《かす》かに顔を上向かされ、顔を近づけてきた李安に、抗《あらが》う間も目を瞑《つむ》る間もなく唇を重ねられる。

長く静かな口づけの後、李安は咎《とが》めるように耀姫の顔を見つめた。

「姫様が本当に陛下の妃《きさき》になられるのかと思ったら、耐えられなかったからに決まっているではありませんか」

「ど、して……？」

へなへなとその場に座り込んでしまいそうになる体を支えるため、耀姫《ようき》は李安《りあん》の袍《ほう》の袖に縋《すが》る。初めて会った時、自分でも気が付かない間に握りしめてしまっていた袖。今宵はふり払われることはない。

「好きだからです。姫様が他の男のものになるのかと思うと居ても立ってもいられず、臥室《しんしつ》の前でみっともなく座り込むほど好きだからです」

「李安？」

「今頃押し倒されているのではないかと思ったら、例え相手があの方でも、いっそ背後から切り付けてしまおうかと悩むほどに好きだからです」

「り、李安？」

「これ以上傍に居ると自制できないと自ら役を辞したのに、代わりの教育係が男かもしれないと思い当たったら、せめて姫様の姿が見えないようにその者の目をつぶそうかと考えたほどに好きだからです」

迫りくる李安のあまりの迫力に、じりじりと背後に下がり続けていた耀姫の背中が、ついに壁に当たった。そのまま床に座り込み、逃げ場をなくした耀姫の上に覆《おお》い被《かぶ》さるようにして、李安は更に屈《かが》み込《こ》んでくる。色素の薄い癖のない髪が、サラリと耀姫の頬にかかる。

「いっそどこかに閉じ込めて、誰の目にも見えないようにしてしまいたい。……あなたが好き

です」

甘く、切なく、心も体も痺《しび》れるような囁きに、耀姫《ようき》は震える睫毛《まつげ》を伏せた。重なる唇を離すまいと、腕を伸ばして抱きつけば、逆に強く腕の中に抱き込まれる。

「誰にも渡せない……私の、綺羅姫……」

分不相応に思えて、普段はとても素直に聞けないその尊称を、これほど優しく、溢《あふ》れんばかりの想いを込めて、震える声で呼ばれたことは耀姫にとって初めてだった。

第六章

「それで、実はまだ先ほどの返事をいただいていないのですが……」

牀榻《しんだい》の上に組み敷かれ、衣の合わせも大きく乱された今になって、まさか唐突にそのようなことを言い出されるとは思ってもいなかった。

「…………え？」

大きな瞳を瞬《また》かせる耀姫を上から見下ろし、李安《りあん》は深々とため息をつく。

「ですから……私の方は散々に、どれほど姫様のことを想っているのかを言葉を尽くしてお伝えしましたのに、姫様からはまだその返答をいただいておりません」

「あ…………」

まさかあれに返事が必要だったのかと、その内容を思い返しただけで耀姫は頬《ほお》を赤らめずにはいられなかった。

「お聞かせ願えますか？」

李安に尋ねられ、真っ赤な襦《ふとん》の上に見事に広がっていた黒髪がうねるほどに、思わず半身を起してしまう。

「えっ、今？」

「そう今です」

静かに答えながら、李安《りあん》がそっと耀姫《ようき》の半身をまた褥《ふとん》の上に押し戻した。体を横たえた状態だと、上に乗っている李安に、こうも簡単に体を操られてしまうのだと思い、少し怖くなる。

「い、今は無理じゃ……」

高鳴り出した鼓動を誤魔化《ごまか》すように、少しつっけんどんに言い放つと、李安が耀姫の上に更に体を重ねてきた。

「ですが、後になるといっそう難しくなると思いますが？」

首筋に唇を当てながら話され、ゾクゾクとした感覚が腰から背中にかけて駆け上る。

「ど、どういう意味じゃ？」

「もう忘れてしまわれたのなら、またもう一度お教えします。ゆっくりと」

言葉通り、緩《ゆる》やかに耀姫の肌を辿《たど》る手。首から肩の線をなぞり、鎖骨を辿り、胸元へと下りていく。

「ま、待て、李安」

動きを遮るように割って入った耀姫の手は、李安の手に捕らえられ、高く頭の上まで掲げられた。その間も、指に代わった李安の唇が胸元を更に滑り降りていく。

「待てと言うに！」

反対の手も捕らえられ、双方一緒に頭上で束ねられてしまった。これでもう完全に、耀姫に抵抗する術《すべ》はない。

「待ちません。本当に嫌なら簡単なことです。私など好きではないとひと言おっしゃってください。そしたらこの手も解放しますし、これ以上姫様に触れることもありません。このまま臥室《しんしつ》から帰りますし、二度とお目にもかかりません」

「そんな！」

そこには是か非かの二択しかないのかと、耀姫は絶句した。その唇に李安の唇が重なってくる。肌蹴た胸元に直に触れる手の感触は、生々しく肌を辿《たど》り、縛《いまし》められた両手を押さえる手にも尚更《なおさら》の力がこもる。それでも、優しく触れるように、啄《ついば》むように、くり返される口づけが心地よく、耀姫は瞳を閉じてその感覚に身を委《ゆだ》ねた。

「んっ……ん」

李安のてのひらが胸の膨らみを丸く包み込み、舌先が唇の間から耀姫の口腔内《こうこうない》に入ってくる。度重なる口づけにすっかり力が抜けきっていた耀姫の口元は、それを拒むこともなくすんなりと受け入れる。

「んん……ぅ」

喉の奥で縮こまっていた舌を誘うように刺激されると、口腔内からも体からも更に力が抜けた。舌を絡めてきつく吸われながら、内衣《うちごろも》を肩から滑り落とされ、腰紐《こしひも》を解かれても、耀姫《ようき》にもう抵抗する気持ちはない。

(李安《りあん》……)

いつの間にか両手を縛《いまし》めていた手は解かれ、李安はその手でも胸の膨らみを弄《もてあそ》び始めていたが、耀姫は両手を高く頭上に掲げたまま、下ろすということさえ頭に浮かばなかった。

「ふうっ……ん……う」

唇と両胸、一度に愛撫《あいぶ》される心地よさに、感覚と神経の全てが凌駕《りょうが》されて、他には何も考えられなくなる。胸の先端の固く尖《とが》った蕾《つぼみ》を指と指の間に挟まれ、耀姫の体が大きく跳ねた。

「んあっ……」

離れた唇と唇の間に、濡《ぬ》れた銀糸が一筋伸びる。その淫猥《いんわい》な光景に、耀姫の肌はますます熱くなる。目の縁を少し赤くした李安が、濡れたような瞳で耀姫を見下ろしていた。自分もまた、どのような顔をして彼を見上げているのかと思うと、つい羞恥に顔を背けてしまう。

咎めるかのように、李安がきつく胸の蕾を摘まみあげた。

「ああっ……や……」

か細い叫びにほんの少し目を眇《すが》め、李安は冷たく見えるほどの無表情で言い放つ。

「そうではなく、なんと言ったらいいのか、ちゃんとあの夜にお教えしましたでしょう?」

「あ……」

覚えてはいたが、そう催促されて改めて口にするのは躊躇《ためら》われた。耀姫が顔を真っ赤にして黙り込んでいると、李安がいよいよ胸の先の蕾を強く捏《こ》ね始める。

「あっ……あぁっ」

細くて器用な指先は、いつも耀姫が見惚《ほ》れてしまうほどに好んでいるものだが、こうして敏感な部分をいたぶられていると、いっそ憎らしくもなる。

押して摘《つ》まんで、捏《こ》ねて弾《はじ》いて、自在に李安の指先に操られ、体中の神経がそこに集まったかのようにますます敏感になる。泣き出したいほどの疼《うず》きが、体の奥に芽生え始めた。

「ああんっ……あっ！」

髪を振って悶《もだ》える耀姫に、李安が最後通達のように投げかける。

「早くおっしゃらないと、このままむしゃぶりつきますよ」

はち切れんばかりに固く尖ってしまったその部分を、今口腔内に含まれたりなどしたら、更にはしたない声をあげてしまうに違いない。耀姫は慌てて以前彼から教えられた言葉を、今の自分の心のまま、声にした。

「いいっ……いいの……」

まるで彼女らしくない、いかにも頼りなげな甘い声に、耀姫がますます赤くした顔を背《そむ》けた瞬間、李安は迷うことなくその胸元に顔を埋めた。

「あっ、ああっっ！」

赤く熟れた果実のようになっていた蕾を、熱い舌でねっとりと包み込まれ、激しい愉悦に耀姫《ようき》の体がビクビクと跳ねる。

「ひど……っ、言ったのにぃ……」

涙声の訴えに、李安《りあん》はそれを口から出さず話し続けた。

「姫様が悪いのです。あのように可愛《かわい》らしい顔で、可愛い声で啼《な》かれるから」

「そん……なっ、あっ！」

両の胸の膨らみを合わせせられて、固く勃った先端を交互に舐《な》めしゃぶられる。

「やじゃ……あっ……ぁ……」

一度箍《たが》が外れたためにもう声を抑えられなくなったらしく、耀姫はひっきりなしに甘い声で啼き続けた。

「も、やぁ……ダメ……ぇ」

胸を強く揉《も》まれ、先端をひどく刺激されると、実際に触れられてもいない部分がずんずん疼く。その刺激に耐えられず、耀姫は脚と脚を擦り合わせ、涙声で懇願する。

「何がダメなのですか？」

耀姫が何に怯《おび》えているのか、李安にはすでにわかっていたらしく、何の前置きも無しにするりと足の間に手を滑り込まされる。いったいいつの間に腰紐が解かれ、素足が剥《む》き出《だ》しになっていたのだかもわからず、耀姫はその手から逃れようと必死に身を捩《よじ》った。

「やっ、ダメ！」

「ここでしょう？　姫様が触れられたくないのは。ああ、確かにもうかなり濡れておりますね」

「どうしてっ！」

　そんな冷静な顔で酷《ひど》いことを言うのかと、見上げた李安の顔は冷静などではなかった。これまで見たこともないほどに上気した顔で、熱く潤んだ目をしている。吐息まで熱く、少し早い。

　李安にそんな顔をさせているのは、他ならぬ自分の痴態なのだと思うと、また熱い蜜が体の奥からトロリと滲《にじ》み出《で》てくる。その蜜を塗り込むように、李安は耀姫の目をまっすぐに見つめながら、下穿《したば》きの布越しに秘めたる部分を何度も指でなぞり続けた。

「やっ、やめ……あっ」

　自然と腰が浮き上がり、ユラユラと揺れ始めるのを耀姫は止めることができない。

「姫様、直《じか》に触れても？」

　耀姫が返事もできないのをいいことに、李安は彼女の下肢から勝手に下穿《したば》きを取り去った。力を込めて閉じようとした両脚は、歴然とした力の差で強引に左右に開かされ、その間に李安が身を屈《かが》める。

「え？　待っ……や、あああっ！」

　外気に触れて熱くひくつく部分に、触れてきたのが指などではないと耀姫にもすぐにわかった。もっと熱くて柔らかく、自在に蠢《うごめ》くもの。舌と唇で愛撫されていると知って、半狂乱になりながら暴れる。

「いやじゃ、だめ……っ、そんな……あっ！」

必死に脚の間から頭を除《ど》けようとする耀姫《ようき》の手を、李安《りあん》が捕らえ二つ束ねて拘束する。襞《ひだ》を嬲《なぶ》られる度にいっそう中から蜜が滲《にじ》み出《だ》してくるその部分に、李安は丹念に舌を這《は》わせ、存分に耀姫を味わった。

「やっ、やあっ！」

「何をそんなに嫌がられるのですか？」

息を吹きかけながら尋ねられ、折れそうなほどに首を振る。

「だって……そのようなとこ……っ」

李安はもう一度大きく息を吐き、おもむろに空洞の中に舌をねじ込んでくる。

「先ほど湯浴《ゆあ》みされたばかりなのでしょう。何も心配はいりませんよ。それよりも甘くいい香りがして……酔ってしまいそうだ」

それは先ほど体中に塗り込まれた香油なのではと、耀姫は頭のどこかでボンヤリと考えた。しかしそれを李安に教えることもままならない。秘裂《ひれつ》の上の突起を舌でくすぐられながら、蜜の溢れる空洞を指で開かれる。

「あんっ……あっ」

熱い肉襞《にくひだ》の中に入り込んできた冷たい指の感触があまりに生々しく、大きく背をしならせて耀姫は喘いだ。以前にもそこに受け入れたことのある李安の指が、耀姫の中を探るようにして忙しく行き来する。

「あっ、あっ……はあっん」

李安はそこから顔を上げ、耀姫の上に再び体を重ねてきたが、体内には指を潜らされたまま、その上の突起もまだ手の中から解放されない。

襲いくる快感の波にもみくちゃにされ、耀姫は首を打ち振って泣き叫んだ。

「やっ……あ、あ、あっ……あんっぁ」

「姫様、そうではなく」

体に知らしめるかのように、突起を押し潰しながら指の腹で捏《こ》ねられ、耀姫は涙混じりの声を上げた。

「いいっ……いいのぅ……ん」

李安の指への締め付けがきつくなり、秘裂の上の突起も固く大きく存在感を増していく。

きつく李安の片腕に抱かれ、唇を重ねられたまま、耀姫は今まで経験したこともない快感の頂に一気に駆け上った。

「ああぁっ！　……あ……ぁ」

ビクビクと痙攣《けいれん》する肉壺《にくつぼ》が李安の指をいっそう締め付け、中から熱い蜜がどっと溢《あふ》れ出《で》る。

それを指に絡めて、耀姫《ようき》の秘所に塗りつける指技をなおもくり返しながら、李安《りあん》が耀姫の頬《ほお》にかかった黒髪をかき上げた。

「そうですか。そんなによかったですか。それではもっとよくしてさしあげます」

未《いま》だに体の奥深くに指を潜り込まされたままで、そのように呟かれ、耀姫はハッと瞳を見開く。

「な、なにを……」

驚く耀姫の中から指を引き抜き、李安が少し上半身を起こした。

「半年前に一度きりですので、ひょっとすると多少の痛みはあるかもしれませんが、それもすぐにわからなくなると思います。なにしろすでに、一度達してらっしゃいますので……既に開かれた体の心地よさ……どうぞご覚悟ください、姫様」

真顔で宣言しながら腰を引き寄せられ、耀姫は不覚にも怯《おび》えてしまった。

衣を脱ぎ捨てた李安が、耀姫の脚を大きく開き、更に近くに体を進める。

まだ達したばかりの熱く濡れた部分に、自分の体よりも更に熱い塊が当たり、耀姫は我知らず微《かす》かに腰を引いた。

「嫌なのですか？」

問いかけられるので顔を上げる。耀姫を見下ろしている李安の顔は、いつも通りに人間離れして美しい。それなのにどこか、寂しさと悲しさの影のようなものが付きまとう。

自ら望んで男性を受け入れるなど、恥ずかしいことだとわかっているのに、李安のその憂いを晴らしたくて、つい強気な言葉が出てしまう。

「嫌なはずないであろう。他の者ならいざ知らず、そなたなのじゃ。妾《わらわ》は初めて会った時から、ずっとそなたのことを……」

言いかけて唇を引き結んだ耀姫を、李安がそっと促した。

「言ってください。半年前も確かにお聞きしましたが、自信がないのです。誰からも愛される綺羅星《きらぼし》のようなあなたが、私を選び、愛してくださったということが……離れてみればまるで、全てが夢だったかのようで……」

「妾《わらわ》も……妾もじゃ……！　あの夜のことは夢だったのではないかと、だんだん不安になった」

「夢では……ないですね」

軽く口づけられ、それに応えるように、耀姫の方からも口づけた。

「そのようじゃ」

「でしたら言ってください。私をどう思っておられるのかの答えを」

「……今か？」

往生際悪く、やはり問いかけずにはいられない。

「はい」

李安《りあん》は辛抱強く、耀姫《ようき》が口を開くのを待ってくれていたようだが、どれほど待っても耀姫はあちらこちらに視線を彷徨《さまよ》わせているばかりで、一向に言う気配がない。

諦めた李安は大きく息を吐いて、耀姫の腰に手を掛け直した。

「もう待てません。その言葉をお聞きしてから、大切にゆっくりとことを進める予定でしたが、気が変わりました。多少手荒になってもどうぞお許しください。全ては姫様のせいですので」

「わ、妾《わらわ》の？　なぜじゃ？」

驚く耀姫のとば口に、熱い塊《かたまり》が押し当てられる。息を吸う間もなく少し挿入《はい》り込んできて、耀姫は小さく悲鳴をあげた。

「な、何を……李安っ……やっ、あっ！」

何度か抜き差しされ、擦《こす》られた肉壁に、微《かす》かに引《ひ》き攣《つ》れたような痛みを感じる。しかしそれは李安が挿入り込んでくる度に、少しずつ体の奥から広がってゆく充足感と、取って代わられた。

息つく暇もなく最奥《さいおう》まで押し入られ、それなのに更に奥へと進もうとするかのように、激しく肉壁《にくへき》を穿《うが》ち始める熱い楔《くさび》を、耀姫は驚愕《きょうがく》の思いで受け止める。

「待って！　まっ……やあっ」

涙声で懇願すれば、冷たい目を向けられた。

「いやではなく、こういう時はなんと言うのでしたか、姫様。それすらお忘れですか？」

「おっ、覚えておる！　覚えてるからあ……っ」

「じゃあ言ってください、さあ」

耀姫の最奥に深々と突き刺さった状態で、李安はふいにその動きを止めた。

自分の中をピッタリと埋め尽くすような存在を生々しく感じ、耀姫はあまりの恥ずかしさに頬を染める。李安と真正面から向き合い見つめ合っているような状態で、深々と体を繋げ、その言葉を口にすることはこの上なく気恥ずかしい。耀姫がいつまでも口を噤《つぐ》んでいると、急《せ》かすように蜜壺《みつつぼ》内をかき混ぜられた。

「早く」

体内を熱いもので完全に満たされたまま、円を描《えが》くような動きで与えられる刺激は、前後に出し入れされる時とはまた違ったもので、耀姫の思考を甘く溶かす。

「あっ……あ、いい……いいの……」

わずかに目を伏せながら、観念したかのように言葉を紡ぐと、素知らぬ顔で返答される。

「そうですか」

李安は淡々と言いながら、無遠慮に耀姫の胸を鷲摑《わしづか》んできた。上下に揺するように捏《こ》ねられながら、なおも胎内をかき混ぜられる。

「あっ、あ……」

ジリジリとした快感が腰から駆け上ってくるようで、それをどこかに逃がそうと、耀姫は我知らず腰を揺らした。

「いいですね」

感嘆したように李安《りあん》が息を吐き、動きを止める。耀姫《ようき》の腰を両手で持ち直し、入り口に根元を擦《こす》りつけるようにさらに奥へと腰を進めた。

「きゃうっ」

これ以上はもうとても無理だと首を左右に振る耀姫を見下ろし、李安が無情な言葉をかける。

「どうです。これで一番奥まで挿入《はい》りましたよ」

「言わないでぇ……っ」

顔を両手で覆う耀姫の手首を摑み、李安が無理に引《ひ》き剥《は》がした。

「じゃあ姫様が動いてください」

「…………え？」

驚きに目を瞠《みは》る耀姫を見つめたまま、李安が目を眇《すが》める。残酷なまでのその美しさに見惚《みほ》れながら、それでも言葉の意味だけは耀姫はいつまでも理解したくなかった。

「先ほど腰を揺らしておられたではないですか、ほらこうして」

腰骨を摑んだ手に、無理やり腰を振らされ、突然の刺激に耀姫は悲鳴をあげる。

「ああんっ、あっ」

悶える耀姫から手を放し、李安は彼女を自由にした。

「好きなように動いてください。あ、『いい』と言うのも、常に忘れないでくださいね」

「そんな……ぁ」

抗議の思いで李安《りあん》の顔を見上げれば、期せずして肉壺がわずかに収縮してしまい、その動きさえ自らにとっての快感となる。

「あ……」

熱い吐息を漏らしながら、耀姫《ようき》は仕方なく、ぎこちなく腰を揺らし始めた。

「あっ、ぁ……いいの……」

深々と李安を咥《くわ》え込んだまま、それを自らの肉襞に擦りつけるかのように、腰を振れば、そのあまりに淫《みだ》らな光景に理性が焼き切れる。

「うんっ……ん……いいっ」

本能の赴くまま、本当に肉体の快感を貪るためだけに動いてしまいそうで、そんな自分を救ってほしくて、耀姫は李安の顔を見上げた。

常と変わらぬ無表情で、李安は平然と耀姫の痴態を見下ろしているようだったが、その目はやはり熱く潤んでいる。

「もう無理っ……李安……おねが……」

皆まで言い終わらないうちに、太腿《ふともも》を持ち上げて耀姫の脚をさらに広げさせた李安に、息もできないほどに突き上げられた。

「あっ、ああっ！　やっ、あああっ」

ガクガクと全身を揺さ振られるような激しい律動に、意識を失いかけながら喘げば、ふいにまたその動きを止められる。

「な……に……？」

ねだるように腰をくねらす耀姫を見つめ、李安は大きく息を吐いた。

「姫様、そうではなく」

「…………あ」

また失態を犯してしまったのだと、申し訳なく思いながら耀姫は口を開く。

「李安……いい……」

「そうです」

濡れそぼった粘膜を押し開くようにして、李安が何度も耀姫の中を出入りした。

「いいっ、李安……っ」

「そう」

李安が押し入ってくる時、抜け出ていく時、擦《こす》られ捲《めく》られる襞《ひだ》が溢れる愛液に塗《まみ》れ、得も言われぬ感覚を生む。

「あんっ……あっ……あ」

前後の動きに溢れる蜜をも絡めるような動きが加えられて、いっそう耀姫の快感を深くしていく。

「はぁっ……あ、あ、んん……っ」

最早《もはや》、襲いくる快感に、必死で耐え続けているような状態だった。しかし耀姫《ようき》にその自覚はない。

「姫様」

呼びかけてくれる愛《いと》しい人に、ぼんやりとした視線を向け、どこかに飛んでしまいそうになる意識を必死に繋《つな》ぎ止《と》める。

「んっ、あっ、あぁっ……ぁ！」

大きく脚を開き、与えられる快感を素直に享受して、それでも揺れる姿態は、喘ぐ横顔は、やはり万民に抜きん出て輝くように美しい。

「私の、綺羅姫《きらひめ》」

その彼女と一つになれた感動を噛《か》みしめながら、李安《りあん》が己の激情を打ち付けるかのように吐きだした時、耀姫もまた快感の頂《いただき》に押し上げられた。

「や、あ……あぁ、アア――――ッ！」

目の前が真っ白になり、体の感覚も、思考も全て弾《はじ》け飛《と》ぶ刹那、明日目覚めた時に隣に李安がいないなどという事態がもう二度と起こらないように、袍《ほう》の袖を握りしめていられたら良かったのにと、耀姫は詮無《せんな》きことを思った。

実際には、李安の腕の中で抱きしめられている状態だったので、その必要などなかったのであるが――。

「李安……」

朦朧《もうろう》とする意識の中で、耀姫は両手を差し伸べた。

「なんですか？」

「好き」

唐突に言い放てば、李安の全身から力が抜ける。そのことは、未だに深く繋《つな》がったままの体から、耀姫にも良く伝わる。切なげに眉根を寄せた表情に、胸が締め付けられた。

「最初から好きだった。離れても好きだった。そして今も好き。妾《わらわ》のそなたへの想《おも》いは、きっと一生変わらぬ」

「姫様……」

ホッと安堵《あんど》したように、感動に震えたように、李安の目が微《かす》かに潤む。その美しさに、吸い寄せられるように見入りながら、耀姫は意識を手放した。

「姫様、姫様、起きてくださーい」

遠くに莉香《りこう》の声が聞こえる気がする。

いつもはそこから覚醒するまでにかなりの時間を要する耀姫《ようき》だったが、今日ばかりはのんびりとはしていられない。王と同衾《どうきん》していたはずが、なぜか李安《りあん》と抱き合って牀榻《しんだい》の上にいる耀姫の姿を見つけたら、莉香《りこう》は朝からまた卒倒してしまうかもしれない。

そう思い、普段の倍の早さで意識を覚醒させた耀姫だったが、その必要はまったく無かった。

「おはようございます、姫様」

莉香はすでに耀姫の目の前に到着していて、ニコニコと顔を覗《のぞ》き込んでいる。耀姫は慌てて飛び起き、隣に居る者の姿を確認しようとしたが、そこはもぬけの空だった。以前とは違い、李安がそこに居た形跡はしっかりと残っているが、しかし本人はいない。

「えっ？　えっ？　ええっ？」

衾《ふとん》をめくり、牀榻の下を覗き込み、臥室《しんしつ》を見回す。しかしそのどこにも、やはり姿はない。

「なんっなのじゃ！　あやつはいったい！」

耀姫の怒りの叫びを、莉香は笑って見ているが、その思い描いている相手はおそらく異なっている。

「やっぱり陛下は朝食までは召し上がっていかれなかったのですね。きっとお忙しいのでしょう。愁夜《しゅうや》はがっかりするでしょうけれど、仕方ありませんね」

王は昨夜のうちに自宮へ帰られたようだと、皆に報告に行く足取りも軽やかだ。

しかし、愛を確かめあった一夜の後に、またもや自分を置き去りにして消え去ったのが、王などではなく李安だとわかっている耀姫は、いつまでも憤《いきどお》りが抑えられない。

「なんでこうなるのじゃ！　有り得ぬ！　信じられぬ！」

慣れない経験で体が疲れ切っていたため、確かに昨夜、耀姫は意識を失うように眠りに落ちた。しかしその後かすかに目を覚ました時に、夢うつつの状態ではあったが、李安と約束を交わしたのだ。前回置き去りにされたことがかなり精神的に堪《こた》えたので、今回はそれだけはしないでくれと――。

『わかりました。もう姫様を置いてどこにも行ったりしません』

李安は確かにそう答えた。答えたのだ。それなのに、いざ目覚めてみればやはり牀榻《しんだい》に一人きりという、この仕打ちはいったいなんなのだろう。

「信じられぬ！　信じられぬわ！」

怒りの叫びはそのうち涙に濡れ、すすり泣きへと変わった。

今度こそ気持ちをしっかりと伝えあったのだから、そんなはずはないと思うのに、もし李安がまたこのままいなくなってしまったら――という不安に、気持ちが押しつぶされそうになる。

「なんでじゃ……なんでいつも妾《わらわ》を置き去りにするのじゃ……」

牀榻の上で膝を抱え、赤い襦裙《じゅくん》を涙に濡らしていると、臥室の入口の方から驚いたような声がする。

「……もう起きてらっしゃったのですか？　困りましたね……姫様が眠っている間に行って帰

ってくるつもりだったのに、これではまるで私が嘘《うそ》つきのようだ」

「り、李安《りあん》？」

驚いて顔を上げた耀姫《ようき》を見た李安の目が、驚きに見開かれる。

「泣いておられるのですか？　何故《なぜ》？　何かありましたか？」

李安が急いで駆け寄ってくるので、耀姫は慌てて頬に残る涙を拭い去った。

「どうされたのです？　大丈夫ですか？」

「ああ……」

いくら尋ねられても、「そなたがまた妾《わらわ》を置いていってしまったと思って悲しくなった」とは答えられなかった。ましてやそれで子供のように、ポロポロと涙を零《こぼ》していたなど、口が裂けても言えない。

「いや、背中が……そう背中が痛くてな……」

苦し紛れに答えると、牀榻の下から李安がそっと手を伸ばしてくる。

「どこが？　この辺りですか？」

「う、うむ」

「昨夜かなり無理をいたしましたからね……」

背を撫《な》でながらしみじみと呟かれ、耀姫は顔から火が出るような思いだった。

「久しぶりだったというのに無理を強いてしまいました、申し訳ありません。しかし姫様がいけないのですよ。私が少し手加減して差し上げようとしているのに、煽《あお》られるから……」

「妾は別に、あ、煽るだなどと……！」

慌てて訂正しようとするのに、滔々《とうとう》と語られる。

「いいえ。姫様にそのおつもりはなくても、私にはかなりの効果です。あの時だけ普段より声が高くなられるのも、上気した頬が、なんとも艶《あで》やかに輝くのも……」

「り、李安……」

そろそろやめてくれないかという意味で名を呼んでみても、何の効果もない。

「私の腕を、縋《すが》るようにこう、キュッと握られるのも……可愛らしくも魅惑的で……睫毛《まつげ》にはうっすらと涙が浮かんでおりますし、少し開いた唇から洩《も》れる吐息も甘く……」

「李安……もう……」

首を大きく左右に振って、それ以上言わないでくれと示してみても、察しが良いはずの李安がなぜ気が付かないのか、いつまでも止めてくれない。

「名前を呼ぶ声もどれだけ艶《つや》やかになっておられるか、ご自分で気付いておられますか？　もう嫌だと口ではおっしゃっても、体の方は実に正直で……」

「うわあーっ！」

これ以上言われてはたまらないと、ついに李安の方に向き直り、両手で口を塞ぎにいった耀姫の手首を李安が摑《つか》んだ。

「本当は私が居なくなったと思って泣いておられたのでしょう？　すみません。もう私はどこにも行きませんから」

心に染み入るような声で、まっすぐに見つめながら囁《ささや》かれたかと思ったら、そのまま口づけられる。

「ずっと姫様の傍に居りますから」

腕の中に抱き締められ、頭を撫でられ、今度こそ本当に耀姫《ようき》の涙は止まらなくなった。

「李安《りあん》」

「はい」

呼べばすぐに答えてくれるその声も、背を撫でてくれる手も、やはり優しく、これから先もずっと自分のものだと言われても俄《にわ》かには信じがたい。しかし――。

「李安」

「はい、なんでしょう。姫様」

耳のすぐ傍から聞こえてくる声は、耀姫に何よりもの安心と幸福感をくれる。

「好きじゃ……」

「私も好きですよ」

溢《あふ》れんばかりに与えられる愛情の大きさに、感動を嚙《か》みしめながら、耀姫はいつまでも耽《ひた》っていたかった。しかしその思いは、突然の物音で引き裂かれた。

パリーンと陶器が割れるような音に、李安と共に顔を上げてみれば、臥室《しんしつ》の入口で莉香《りこう》が立《た》ち竦《すく》んでいる。

「………あ」

「え？　姫様？　李安様？　え？　ええっ？」

驚きに目を見開いているのは当然で、耀姫と李安は互いを抱き締めあっていた腕をゆるゆると解いた。

「あ、あの莉香……これはの」

「姫様の話では莉香が混乱してしまうかもしれません。いいです、私から説明します」

牀榻《しんだい》から離れ、自分の方に近づいてくる李安の姿を凝視しながら、立ち尽くしていた莉香の手から、かろうじて残っていた皿がまた滑り落ちた。パリンと高い音をさせて粉々になる。

「あっ、すみません！」

我に返ったかのように、慌ててしゃがみこむ莉香に、李安が「危ないから」と声をかける。

しかし時すでに遅く、皿を片付けようと伸ばした指を莉香はざっくりと切ってしまった。

「あっ！」

耀姫の叫びと共に莉香も自身の指に顔を向け、その意外な出血の多さに、グラリと横倒しになる。

「まずい！」

駆け込んだ李安《りあん》に倒れかけた体は抱き止められたものの、莉香《りこう》はまた意識を失ってしまった。

「莉香！」

慌てて耀姫《ようき》も、長襦《ちょうじゅ》の裾を絡《から》げ、牀榻《しんだい》の上から飛び降りた。


「すまぬ。本当にすまなかったのう、莉香」

何度も頭を下げる耀姫に、莉香の方こそ慌てて首を振る。

「いえ！　私が勝手に驚いて、勝手に手を滑らせて、勝手に倒れただけですから……その……お二人とも、お気になさらないでください」

言い難そうにチラチラと視線を耀姫と李安に向けながら、莉香は未《いま》だに戸惑っている。

いつも熱心に自分に仕えてくれている莉香に、また怪我《けが》を負わせてしまったことが申し訳なく、耀姫は目を伏せた。

「妾《わらわ》の傍に居ると、莉香は本当に毎日怪我ばかりじゃ」

「そんなことはないですよ」

「いやある」

「いいえ」

いつまでも終わりそうにない問答に、李安が割って入った。

「どうやら血は止まったようですね、莉香。でもまた後で出血するようなら、血止めの薬草を揉《も》みほぐして巻いておくといい」

「はい」

耀姫と共に居た李安に初めは動揺していた莉香も、今ではいつものように信頼に満ちた目を向けている。しかし戸惑うような雰囲気は、やはり完全には拭い去れない。

「あのな、莉香……」

思い切って口を開きかけた耀姫を制し、李安が莉香に語りかけた。

「莉香、こんなことをお願いして申し訳ないが、ご覧の通り、姫様の相手は陛下ではなくて私なので、皆にもその旨伝えておいてもらえるだろうか」

「え……」

「しかし！」

莉香と耀姫の驚きの声が重なった。李安はゆっくりと首を横に振り、それから耀姫に小さく笑いかける。こんな時だというのに、耀姫の胸はその笑顔に高鳴った。

「大丈夫です。そのことに関して今、陛下とも話をしてきました。以前から出されていた条件を呑むことにしましたので、姫様は何も心配なさらなくて大丈夫です。ただ……」

「ただ？」

そこで言葉を切ってしまった李安の次の言が待ちきれず、耀姫は問いかける。そんな彼女を見つめ、李安《りあん》が更に甘く微笑んだ。耀姫《ようき》はその笑顔にまた心を射抜かれてしまった。

「それ以外にも少し条件を出されてしまいまして……」

「と言うと？」

どんどん前のめりの体勢になり、せっかちに問いかけずにいられなかったのは、耀姫ばかりではなく莉香《りこう》も同じだったようだ。二人していつの間にか、李安の次の言葉を、息を呑《の》んで待っている。

二つ並んだ顔を見比べ、李安がまた少し笑った。どこか困ったようなその笑顔に、耀姫は彼を葛籠《つづら》の中にでも隠しておきたい衝動に駆られる。たまらず手を伸ばして抱きついてしまいそうになった時、ようやく李安が口を開いた。

「来週行われる御前試合《ごぜんじあい》で、見事優勝してみろ。そしたら姫を下賜《かし》しても誰も文句は言うまいと、発破《はっぱ》をかけられました」

苦笑する李安を前に、耀姫はポカンと口を開いた。

「御前試合……」

国王を前にして、腕に自慢の武官たちが日ごろの鍛錬《たんれん》の成果を競い合う大会に、確かもともと文官のはずの李安が参加して、果たして優勝できるのだろうか。

不安を感じて、耀姫は急いで問いかける。

「して……勝ち目はあるのか？　そなたは、その……実は剣技が得意だったりするのか？」

恐る恐る尋ねてみれば、昨夜からはついぞ忘れていた、冷たいくらいに無表情で毒舌の李安が戻ってきた。

「得意なわけがありませんでしょう。それが苦手だから、私は文官になったのです。得意だったならとっくに武官になっております。力こそ全ての単純明快な世界なのですから、腕さえ磨けば頂点に君臨するのも容易《たやす》いこと」

大威張りで剣は使えないと自慢されても、耀姫には狼狽《うろた》えることしかできない。

「ど、どうするのじゃ……？　もし優勝できなんだら、その……妾《わらわ》とのことはどうなるのじゃ？」

「ダメになるでしょうね」

悪びれもせずにしれっと答えられ、耀姫は怒りのあまりに頭が沸騰してしまいそうだった。

「じゃあ、どうするのじゃ！」

まるで上手《うま》くいかなくともいいような言い方をされ、怒る耀姫を李安が引き寄せる。それこそが昨日までの二人にはなかった親密さで、思わず莉香も頬を赤らめる。

「もちろんどうにかしますよ。私は私の方法で……それであなたを私のものにできるのなら、容易《たやす》いことです」

「そ、そうか」

手の甲に恭《うやうや》しく口づけられ、ドキドキと胸を高鳴らせながらも、李《り》安《あん》には何か考えがあるようなので、耀姫《ようき》はひとまずホッと胸を撫《な》で下《お》ろした。しかし――。

「どうかあなたの幸運で、私に勝利を引き寄せてくださいませ、綺羅姫様」

大仰な動作で李安に頭を下げられ、体も思考も固まってしまった。

「………まさか、妾《わらわ》の運頼みなのか？」

長い沈黙の末に、恐る恐る問いかけてみると、ごく真剣な顔で頷かれる。

「はい」

「なっ、なっ……」

声にならない叫びに苦しむ耀姫の背を、莉香《りこう》が撫でさすってくれる。

「姫様、しっかり！」

その声に力を得て、耀姫はお腹《なか》の底に力を込めて、精一杯に叫んだ。

「李安！　この痴《し》れ者《もの》っ！」

「はははははっ！」

素知らぬ顔を続けていた李安も、耀姫の凄《すご》い形相についにはお腹を抱えて笑い出し、ようやく本当の策について説明をしてくれたのだった。

第七章

「優勝と言いましても、決して御前試合《ごぜんじあい》に出場する全ての武官に勝たなければならないわけではありません。勝ち抜き戦で一度負けたらそこで終わりなのですから、当然、強者と強者がしのぎを削る試合もあれば、弱者同士の試合もあるわけで……」

「ふむふむ」

李安の説明に耳を傾けながらも、熱心に食していた飴菓子《あめがし》を手から取り上げられ、耀姫は目を剥《む》いた。

「な、何をするのじゃ！」

李安は素知らぬ顔で説明を続けながら、その飴菓子を莉香に渡してしまう。耀姫は取り戻そうと、必死に手を伸ばした。

「大切なのは組み合わせです。しかもその組み合わせは、当日その場での抽選で決まります。ですから……」

耀姫の頬をてのひらで押さえ、再び菓子を手にすることを阻止した李安は、そのまま顔を自分に向けさせる。

「全ての抽選を、私は姫様に委《ゆだ》ねようと思いまして」

言葉の終わりと同時に、軽く唇を重ねられ、耀姫《ようき》は絶句した。菓子を取られて怒る耀姫を宥《なだ》めようというのか。委ねるという言葉に現実味を持たせたのか。いずれにせよ莉香《りこう》も傍に居るこの場でと耀姫が肩を震わせると、まるで全て心得ているかのように莉香は房室《へや》の入口に向かって駆け出す。

「わ、私、お茶を持ってまいりますっ！」

「ありがとう。莉香は本当に良く気が付く宮女《きゅうじょ》だ」

「い、いえ！」

慌てふためいて出ていく莉香に、しれっとねぎらいの言葉をかける李安《りあん》を、耀姫は怒りの形相で見上げた。

「何を考えておるのじゃ、そなたは！」

「いえ。特に何も……」

真顔のまま首を振りかけた李安は、その途中でふと思いついたかのように顎に指を当てる。

「強いて言えば、御前試合にどうやって勝つかということでしょうか？　相手が予《あらかじ》めわかっているならば、情報収集に力を入れて心理戦に持ち込むことも可能なのですが、さすがに出場者全員分の準備はできませんので……」

「当たり前じゃ！」

「ですからぜひ、姫様の強運で、私に有利な相手を引き当てていただきたく……」

「そのようなこと、無理に決まっておろうが！」

「どうしてですか？」

「どうしてって……そなたとて、妾《わらわ》の不運ぶりはよく知っておるであろう？　妾に引かせても、かえって不利な相手が当たるに決まっておる」

「そうでしょうか？」

少し距離をおいて耀姫を見つめていた李安が、再び顔を近付けた。不思議な色をした瞳が間近に迫り、耀姫は吸い込まれてしまいそうになる。

「姫様が不運だなどと、私は思ったこと、ございませんが？」

「それは……そなたが居る時にはなぜか、そのようなことが起こらぬからじゃ……」

現に先ほども、割れた陶器の上に倒れかけた莉香は、李安に救われた。本来ならば指先の小さな傷などでは済まなかったはずだが、駆け寄った李安に抱き止められ、それ以上の怪我を負わずに済んだのだ。彼のお蔭《かげ》だと思いながら、耀姫は口を尖《とが》らす。

「そなたが居ない間は、本当に大変だったのじゃ。妾の傍に居る者は怪我ばかりするし、何をしても裏目に出るし、良いことなど一つもなかった。『綺羅姫《きらひめ》』と呼ばれるのが心苦しいばかりだった祖国にいた頃と、なんら変わらぬ不運さで……だから……」

思い返せば胸が痛いばかりの日々を、苦く回想する耀姫《ようき》の頭を李安《りあん》が撫《な》でる。思いがけないその行為に、耀姫は伏せていた顔をハッと上げた。

「でしたらこれからは、決してそのようなことはありませんね」

「…………？」

自信に満ちた李安の表情に思わず目を奪われる。

「私がお傍から離れることはないのですから、姫様がその『不運』とやらに見舞われることも、もうございません」

「李安……」

胸を熱くして、耀姫は目を細めた。頭から下りてきた手が、頬を優しく包み込む。ひんやりとした指先の感触が、相変わらず心地いい。耳に優しい言葉と声音に酔いしれ、耀姫がうっとりと瞳を閉じかけた。その時――。

「まあ御前試合に勝てなければ話は別ですが」

淡々といつもの調子で付け加えられ、そのまま李安に体重を預けようとしていた体を、慌てて制止した。突然頬から消え失《う》せた手の感触に、カッと目を見開いてみる。李安は先ほどまで居た場所から一歩退き、すでに耀姫に背を向けるところだった。

「ですのでどうか、二人の未来のためにも、都合のいい相手を引き当ててください。では私はこれで」

勝手にそれを耀姫の役目と決定し、李安は軽く頭を下げて房室《へや》を出ていった。

「だ、だから、それを妾《わらわ》に期待しても無理だと言っておろうが！　………あ」

「………」

悔し紛れに耀姫が投げた扇子は、李安ではなく、その時房室《へや》に入ってきた明寧《めいねい》の眉間に見事に命中したのだった。


「そうですか。それでは来週開催される御前試合に、李安様が出場なさるのですね」

「う、うむ」

「その際の抽選を姫様に全て委《ゆだ》ねたいと、今日はお願いにこられたと」

「ああ、そうじゃ」

房室に入ってきた明寧に、なぜ今李安とすれ違ったかの理由は説明したが、自分と彼との関係はなかなか打ち明けることができない。うっすらと頬を染めて李安の話をする明寧に、なんと言ったらいいものかと、耀姫は心の中で頭を抱えていた。

「お気の毒に……幸運を呼ぶ『綺羅姫』の呼び名に騙《だま》されておいでなのですね。ここは一つ、真実をお伝えせねば！」

今にも李安の背中を追って駆け出しそうな明寧を、耀姫は慌てて引き留める。

「いやいや、それがただの気休めじゃというのは、李安《りあん》もよくわかっておるから……」

それでもやはり、『私の、綺羅姫』と呼ばれることは嬉しい。突然その声音を思い出し、頬を染める耀姫《ようき》を、明寧《めいねい》が不審な目で見る。

「じゃあなぜ、姫様に抽選役を？」

「それはその……」

自分のために御前試合に出るからなのだと、正直に言えばいいだけなのに、迫りくる明寧の顔の迫力が凄《すさ》まじく、耀姫は思わず視線を逸《そ》らした。

「元主人じゃから……の……」

「ふーん？」

いかにも怪しそうに耀姫の様子を窺《うかが》う明寧に、やはりここで正直に伝えておくべきだったとは後になって後悔した。

御前試合の当日。明寧は多くの女官《にょかん》友達と李安の応援隊を結成し、名前を書いた応援幕まで準備して、会場となった正殿《せいでん》前の広場に現れた。なんでも前日から最前列の場所取りもしていたらしい。

（す、すごい情熱じゃ……！）

耀姫はと言えば、広場を見下ろす位置に設けられた王の席の隣に、特別に席を作ってもらってはいるが、距離から言えば実際の試合場にはかなり遠い。

「こんなの不公平じゃ！」

必死に抗議したが、明寧たちの中に混ざることは、さすがに忠篤《ちゅうとく》に賛同してもらえなかった。

「取りあえず姫はまだ私の妃《きさき》なんで、そういうわけにはいかないんだよ」

怒りに頬を膨らませながら会場を見下ろせば、広場を埋め尽くさんばかりに多くの人が集まっている。通常の御前試合ではこれほどまでの見物人はなく、しかも今日は何故《なぜ》か文官――それも各官の補佐をする女官《にょかん》の姿が圧倒的に多いと、あちらこちらで評判になっていた。

「誰かさんが出場するらしいという噂《うわさ》が、すっかり朝廷中に広まったからね」

隣に坐《ざ》す忠篤からいかにも楽しそうに耳打ちされ、耀姫は複雑な気持ちを隠せない。

まるで文官の代表ででもあるかのように李安に声援が集まるのは嬉しいことだが、そのほとんどが女官だというのが素直に喜べない。

特に李安の隣で、甲斐甲斐しく世話を焼いている明寧のことが羨《うらや》ましくてならなかった。

「李安様、李安様！　試合が終わりましたらその度に、こちらに来てくださいませ。水分補給の飲み物も、簡単な食事も、汗拭き布帛《ふはく》も、全て完璧ですので！」

「そうですか？　悪いですね」

「いいえっ！」

明寧を中心にした少し年齢層の高い女官たちに囲まれると、高い位置に坐《ざ》している耀姫からでも、李安の姿はまったく見えなくなってしまう。

思わず席から腰を浮かしかけた耀姫《ようき》を、忠篤《ちゅうとく》が笑い混じりに制した。

「まあ、そんなにカッカしなくても、試合が始まればちゃんと見えるからさ……それに姫には姫のお役目があるんじゃないの？」

「あ……」

指摘されて、進行係の武官が恭《うやうや》しげに目の前に差し出していた四角い箱を見直した。腕が一本入るほどの丸い穴が中央に一つ空いているその箱の中には、一から十二までの数字が書かれた紙が入っている。十二試合が行われる一回戦では、同じ番号を引き当てた者同士が同時に対戦する仕組みだ。

まずは綺羅姫様からどうぞと真っ先に箱を差し出されても、責任の重大さを痛感するばかり。どうにか分の良い相手を選べないものかと穴を覗《のぞ》き込《こ》む耀姫の姿に、忠篤がたまらず噴き出す。

「姫！　書いてある数字が見えたって、皆が引き終わらなければ相手はわからないから。それに、例え出場者の名前がそこに書いてあったとしても、姫にわかるの？」

「……………わかるわけなかろう」

憮然《ぶぜん》と答えて穴の中に手を入れた耀姫を、忠篤はいつまでも笑いながら見ている。

「ほんと面白いな綺羅姫は……見てると飽きないから、やっぱり私の妃のままでいてもらおうかな？」

「な！　……それでは約束が違うではないか！」

元々、耀姫と李安《りあん》が一緒になることには異論もないが、表向きの体裁を整えるためにと、この武闘大会で李安に優勝するよう持ちかけたのは忠篤だ。

それをこの期に及んで覆されてしまっては、李安が出場する意味もない。

「冗談だよ、冗談……」

忠篤は笑いながら手を振っているが、笑顔で嘘《うそ》をつくようなこの王はどこまでが本気でどこまでが冗談なのか判断を付け難く、耀姫は注意深く見つめる。

すると抽選箱を持っていた進行係の武官に、箱を引っ込められてしまった。

「もう引かれましたでしょうか？」

多少怒り気味の声に促されて手を見れば、無意識に摑《つか》んだ一枚が握られている。

「決まられたようですね。では次の方」

さっさと他の出場者たちのところへ向かおうとする背中に、耀姫は慌てて呼びかけた。

「ま、待て待て！　まだ妾《わらわ》は何の念も込めておらぬぞ、これは何気なく手にしただけじゃ！」

往生際悪く食い下がろうとする耀姫を、忠篤が諫《いさ》める。

「まあまあ、念なんか込めたって何も変わらないって、それより開いてみて。何番だったの？」

「う、うむ……」

四つに折りたたまれた小さな紙片の中央には「五」と書かれている。祖国では吉数に当たるその数字を目にして、耀姫《ようき》はホッと息を吐いた。

「よかったやもしれぬ。『五』というのは南天の五つ星にも通じる数字での、妾《わらわ》が生まれた日もその『五』に関連があって……」

嬉しげに語る耀姫の声に重なるようにして、猛々《たけだけ》しい叫び声が広場の向こう側で響き渡る。

「よし五番だ！　もう一人『五』を引いたのは……俺の対戦相手は誰だ！」

筋骨隆々としたいかにも立派な体躯《たいく》の男が、耀姫の脚の太さほどもある腕を高々と天に突き上げている姿を目にして、耀姫は言葉も継げず青くなる。

「――――な！」

「まあ……どうにかなるって」

忠篤《ちゅうとく》は元気付けようとするかのように肩をポンポン叩いてくれたが、その顔が実に面白そうに笑っていたことが耀姫には許せなかった。


「すまぬ！　ほんっとうにすまぬ！」

試合開始までのわずかな時間、どうしてもと忠篤に無理を言って、目立たぬように顔を隠しこっそりと会いにきた耀姫に、李安《りあん》は顔色一つ変えずに頷《うなず》いた。

「そんなに気にされなくても大丈夫ですよ。どうやら誰と当たっても大差はないようですし、勝ち進んでいけば結局当たる相手だったのかもしれませんし」

動きやすいようにと袍《ほう》の袖を抜き、髪を束ね、抜かりなく準備を進めながら淡々と語る。

「しかし……」

「姫様に委《ゆだ》ねると言ったのですから、その結果がどうあれ、これでいいのです。それにどう転ぶかはまだ誰にもわかりません。では」

それでも剣を手に試合場へと向かう背中を見れば、縋《すが》りついて引き留めてしまいたくもなる。

「李安！」

呼ぶ声に少し表情を柔らかくしながら、あまり気負いもなく試合場へと向かっていく姿を、耀姫はなす術《すべ》もなく見送った。

自らのために用意された席に帰れば、忠篤《ちゅうとく》がニヤニヤと話しかけてくる。

「どう？　激励の接吻《せっぷん》でもしてきた？」

「そのようなことはせぬ！」

それどころか、申し訳なさでいっぱいだったのにと耀姫が憤ると、忠篤は大仰に眉をひそめてみせた。

「ええーっ、それぐらいの励ましがあったら、李安だって日頃の実力以上の力が出せたかもしれないのに」

「そ、そのようなものか……？」

耀姫《ようき》が不安げに瞳を揺らした時、試合開始のかけ声が広場のあちらこちらから一斉にあがった。耳を塞ぎたくなるような声援と歓声が、式典の時には厳《おごそ》かな雰囲気の正殿《せいでん》前の広場を、熱い熱気で包み込む。耀姫も我知らず席から立ち上がり、李安《りあん》のいる試合場の方へと身を乗り出していた。

（李安……！）

対戦相手との体格差があまりに大きく、今はまだ剣を避けることで精一杯のようだ。それでも息つく間もない剣戟《けんげき》をすんでのところで全て避けていく。身のこなしは優雅で華麗で、舞を舞っているようですらあった。

「まったく心得がないというわけではないのだな……」

見事な足運びを見ながら耀姫が感嘆すると、いつの間にか同じように隣に立っていた忠篤《ちゅうとく》が、ポツリと呟く。

「まあ、幼い頃に叩《たた》きこまれたものは体の方が忘れてくれないだろう……」

「………？」

いったい何の話だろうと首を捻りながら、耀姫は忠篤の顔を見上げたが、すぐに試合場の方を顎で示された。

「見てなくていいの？　ほら」

「あっ」

上手《うま》く誤魔化《ごまか》された気がしないでもないが、確かに今は忠篤の言葉の意味よりも、李安の試合の方が大切だ。

しかし耀姫が再び視線を試合場に戻した時には、相手の首に李安が剣を当てた体勢で二人は静止しており、どの会場よりも早く試合終了の声がかかった所だった。

「ど、どうなったのじゃ？　何がおこったのじゃ？」

摑みかかるようにして忠篤に問いかけると、ポリポリと首を掻《か》きながら簡単な説明をされる。

「いやあ、相手の渾身《こんしん》の一撃を避けてあいつが懐《ふところ》に飛び込んだだけだけど……こんなにあっさり決めるかな……応援のしがいもあったものじゃないな……」

溜《た》め息《いき》をつきながらではあるがその口調はいかにも嬉しげだ。耀姫は忠篤の顔と試合場の李安を何度も見比べた。

「勝ったのか？　李安が？」

「ああ、そうだよ」

忠篤に肯定されて、全身から力が抜ける思いだった。

「そうか。そうか……」

かなり不利な相手を選んでしまっただろうに、勝利してくれたことも嬉しいが、怪我《けが》がなくて済んだことが何より嬉しい。へなへなとその場に座り込みそうになったところを忠篤に手を差し伸べられ、支えられようとした。そこに、背後から冷たい声が響いた。

「こんなことだろうと思いました」

その場に居るはずのない声に驚いてふり返れば、手を引いて衝立《ついたて》の陰に引き込まれ、まだ熱を残した腕の中に抱き込まれる。

「妙に今日は姫様との距離が近いとは思っていましたが、私への挑発ですか？　それとも本気ですか？」

抱き寄せられた胸から直接聞こえてくるのは確かに李安《りあん》の声だ。耀姫《ようき》が顔を上げてみると、うっすらと汗を滲《にじ》ませた今まで見たこともない李安の顔が間近にあった。

（試合場から来たのか？　いつの間に？）

目を瞠《みは》る耀姫の頭に、李安が押し付けるように頬を寄せる。忠篤《ちゆうとく》がニヤリといかにも嬉《うれ》しそうに笑った。

「まあ、目的としては両方かな。その方がよりお前の本気を見られると思ったし、綺羅姫は思っていた以上に反応が面白いし……」

耀姫の髪にかかるほどに、はあっと大きく李安が溜《た》め息をついた。

「そのうちそう言い出されるだろうなと、葉霜宮《ようそうきゆう》でお会いした夜に思いました。ですからもう迷っている時間はないと私も決意しました。姫様をお譲りすることだけは決してありませんので、もう触《さわ》らないでください」

「おいおい」

手を伸ばしてくる忠篤から、言葉のままに耀姫を遠ざけるように、李安が腕の中に強く抱きこむ。頰を押し潰されるほどに強く抱き締められて、耀姫は嬉しいやら痛いやらだった。

「じゃあ、それが問題なく実行できるように、ぜひ優勝して見せてくれ。もう次の試合が始まるんじゃないか？」

「ええ」

抱き締めていた腕を解き、そのままいなくなろうとする李安の腕を耀姫は慌てて引いた。

「あ、いや、待つのじゃ！」

先ほど忠篤が言っていたように、激励の接吻でもして送り出そうかと思うが、その忠篤がいかにも楽しそうにこちらを見ている。耀姫は慌てて追い払うように手を振った。

「そ、そなたはいいのじゃ！　早く席に戻らぬか！」

「あーあ」

あからさまに肩を落とした格好をしながら、忠篤は衝立《ついたて》の向こうの宝座《ほうざ》へと戻った。試合会場からは衝立で隠れた場所に、李安と二人きりになり、急に緊張が増す。

「なんですか、姫様？」

急いで会場に戻らなければならないようで、忙しく問いかけてくる李安になんと言ったものだか思案する。

「あの……その……のう……」

説明するよりも勢いでやってしまった方が早いと思い、耀姫《ようき》は李安《りあん》の頬に素早く唇を寄せた。

「頑張るのじゃぞ」

瞬間、再び腕の中に閉じ込められると同時に、唇に唇を重ねられた。しかもその深さは、とても簡単な挨拶程度の口づけではない。

「んっ……んうっ……む」

呼吸を奪うかのように激しく舌を絡められて、耀姫は息も絶え絶えとなり、李安の腕の中で完全に脱力するまで、解放してもらえなかった。

「あ、すみません……つい」

腕の中で真っ赤になった耀姫を見下ろし、李安が目を伏せる。しかし、その彼の瞳もうっすらと熱く潤《うる》んでいる。耀姫は全身ではあはあと息を吐きながら、必死で首を振った。

「う、うむ……大丈夫じゃ……」

そこに衝立の向こうからなんとも呑気《のんき》な声が呼びかけてくる。

「おーい綺羅姫。抽選にこないと私が勝手に引いちゃうよ」

いくら運を天に任せた気分ではあっても、それをまさか他の者に委《ゆだ》ねるわけにはいかない。

耀姫は必死で声をあげる。

「ダメじゃ！　妾《わらわ》が引く！」

ヨロヨロとしながら衝立《ついたて》の向こうに帰っていく耀姫を最後に一度ぎゅっと抱きしめ直し、李安も試合場へと戻っていった。

「試合の合間にあんまりいちゃついてると、かえって体力を奪われるんじゃない？」

真顔で問いかけてくる忠篤《ちゅうとく》に、耀姫は目を剥《む》く。

「そなたが言うでないわ！」

高らかに笑い始めた忠篤の声は、またすぐに試合会場に渦巻き始めた熱気の渦に、呑《の》み込《こ》まれて聞こえなくなった。


李安が次の試合で戦うことになった相手は、やはり大きな体躯の堂々とした武官だった。禁軍でも五本の指に入るほどに腕の立つ男だと忠篤に説明され、耀姫は気が気ではなかったが、思ったよりもあっさりと決着はついた。

またも相手の首筋に剣を突き付けている李安の姿にホッと胸を撫《な》で下《お》ろしながら、耀姫はポツリと呟く。

「剣技が苦手などではないではないか……！」

語りかけたつもりはなかったのに、忠篤が返事をしてきた。

「あいつにとっての苦手と得意の境目って、きっと常人とは全然違うところにあるんだよ。何事においても……」

いかにもよく知っていると言わんばかりの口ぶりに、耀姫《ようき》は首を傾げる。

「そなたはその……李安《りあん》について詳しいのか？　いつも、ずいぶん以前から知っているような口ぶりじゃが……」

耀姫の顔を真《ま》っ直《す》ぐに見下ろし、忠篤《ちゅうとく》がパチパチと瞬いた。いかにも意外だという表情で。

「李安は姫に何も話してないの？」

「何をじゃ？」

「いや、その……自分の元々の地位とか、私との関係とか……」

「…………？　そう言えば、そなたから出された条件を呑《の》んで、元の地位に戻るとかなんとか言っておったが……詳しい話はまだ聞いておらぬな。そなた知っているのかえ？　ならば教えてくりゃれ」

せがむ耀姫から忠篤はおもむろに顔を背けた。

「いや、あいつがまだ言ってないんなら、そりゃダメだろう……」

拒否しながらも、どこか面白そうな様子が気になってならない。耀姫は忠篤に一歩近づいた。

「なんでじゃ？　そう言われるとなおさら気になるではないか。教えてくりゃれ」

忠篤の袖を引こうとした瞬間、試合場の方を指さされた。

「あ、李安が凄《すご》い顔で睨《にら》んでる」

耀姫は飛《と》び退《の》くようにして忠篤の傍から離れ、己の席に座り直した。

恐る恐る視線を向けてみれば、かなりの距離があるというのに、李安が確かにこちらを見ていることがわかる。忠篤の言うように、凄い顔なのかどうかはまでは見えなかったが、全身から怒りが伝わってくるような、覇気の漲《みなぎ》った立ち姿であることは確かだった。

叱られた子供のように首を竦《すく》める耀姫の様子を見下ろしながら、忠篤は腕組みをする。

「しかしこうも簡単に勝たれると、少々面白みに欠けるな……」

面白みなど必要ないと主張する耀姫を片手で制し、忠篤は側仕えの者に「瑠威《りゅうい》を呼べ」と命じた。

（瑠威？）

聞き覚えのない名前に耀姫が首を捻《ひね》っていると、程なくしてどうやらその人物らしき者が御前にやってくる。すらりとした長身のその男を見て、耀姫は開いた口が閉まらなかった。

「何の用だ？　お前の命でこちらは出たくもない試合に出ているのだから、その上呼び付けたりなどするな」

王を王とも思わないような不遜な態度と、御前にあって叩頭《こうとう》も拝礼もしないことにも驚きだったが、目を瞠《みは》らずにはいられなかったのはその美貌だ。李安に常々、人間離れした美しさだと見惚れている耀姫であっても驚かずにはいられない。長い銀髪を背中まで垂らし、瑠璃色の瞳で忠篤を見つめるその男は、この世のものとは思えない美しさだった。

ぽかんと口を開けている耀姫に目を留め、忠篤を睨んでいた時よりは表情を緩める。

「ひょっとして……綺羅姫？」

「あ、ああそうじゃが……」

雰囲気に呑《の》まれたように頷いた耀姫《ようき》を見つめ、崩れた表情がついに笑顔になった。

「いつも杏珠《あんじゅ》から話を聞いているよ。彼女と仲良くしてくれてありがとう」

「…………あ！」

杏珠の名を耳にして、ようやく耀姫はその人物が何者なのかに思い当たった。

巫女姫《みこひめ》として神泉《しんせん》に仕える杏珠は、そこから神の御使《みつか》いを呼び出し、乾いた国土に潤いをもたらすという奇蹟《きせき》を、先日ついにやり遂げた。それは神泉の巫女姫の伝説が単なる御伽噺《おとぎばなし》ではないのだと、明確に証明された歴史的出来事だった。

巫女姫に仕える李安《りあん》も、実に嬉しそうに事の顛末《てんまつ》を語ってくれたが、杏珠自身に、実はその御使いと恋仲だと打ち明けられた衝撃の方が耀姫には大きかった。天界とこの宮城《きゅうじょう》を行ったり来たりしているその天の御使いは、王の警護役として役職にも就いているという話だったが、おそらくそれがこの若者なのだろう。人ではないのだと思って見れば、かえって納得がいくほどの美しさだ。

「妾《わらわ》こそ、いつも巫女姫殿には世話になっておるのじゃ。いつも美味《おい》しい菓子とお茶を準備してくれての。妾の話を楽しそうに聞いてくれての……」

優しげな雰囲気のその瑠威という若者に、熱心に返事をすると忠篤《ちゅうとく》に噴き出される。

「姫！　姫！　だから李安が恐いって」

促されるままにハッと試合場を見れば、今にも駆けだしてきそうな勢いで李安がこちらを睨んでいた。

「だからまあ……いつもありがとうなのじゃ」

話を強引に終わらせて瑠威《りゅうい》から目を逸《そ》らすと、忠篤《ちゅうとく》ばかりかその瑠威にまで笑われた。

「な、何がおかしいのじゃ！」

憤る耀姫を見ながら、忠篤と瑠威が勝手な会話を続ける。

「姫の方があいつを振り回しているようで、実はがっちりと首根っこを摑《つか》まれてるよね。まあそこが面白いんだけど……」

「実に似合いの二人じゃないか。あまり悪ふざけをするな」

味方をしてくれる瑠威の言葉に耀姫がうんうんと頷《うなず》いていると、忠篤が人の悪い笑顔を向けてきた。

「でも残念ながら、これから行われる三回戦では、あいつの相手はお前だろ？」

「そうなのか？」

耀姫は驚いて瑠威の顔を見上げたが、彼自身その事実には気が付いていなかったようで、試合場の李安を見直し、それから得心したかのように頷く。

「ああ、そのようだな」

ならばぜひ、ここは楽して李安《りあん》に勝たせてはもらえないかと願おうとした耀姫《ようき》の行動は、忠篤《ちゅうとく》に一瞬遅れを取った。

「じゃあ見事李安に勝ってみろ。そしたら次の祭事まで、あちらの世界に巫女姫を連れていきっぱなしなことを黙認する」

「御意」

銀髪を翻して即座に去って行く背中に、耀姫は慌てて呼びかけたが無駄だった。

「あ！　いや、待たれよ！　瑠威《りゅうい》殿！」

意欲に満ち溢《あふ》れた背中は、ふり返ることもなく一目散に、試合場へと向かっていく。

「そ、そ、そなたはなんということをっ！」

こぶしを振り上げ忠篤を睨《にら》みつければ、まだどこかに笑みを残しながらも真剣な顔で、顎で試合会場を指される。

「そんなに心配しなくても、五分の勝負だと思うよ、ほら」

瑠威が会場に戻るとすぐに、二人の試合は開始となった。

結び合う剣と剣の音が、遠く離れた耀姫の元にまで聞こえてくる気がするほどの見事な競り合いだ。見ている側も息つく暇がないほど、双方攻撃の手を緩めない。

優しげな外見に反して瑠威の攻撃は容赦なく、これまでほぼ一撃で相手の急所に剣を突き付けてきた李安の一手がなかなか決まらない。体格の差は歴然で、長く剣を交えていれば李安の方に分がないのは明らかだった。

（早く……早く……）

両手を握り合わせ、耀姫はいつの間にか祈りを捧《ささ》げるような格好になっていた。

（頑張れ……頑張るのじゃ、李安！）

心の中で唱えた言葉を、名前を変えてそのまま口に出した者がいる。

「頑張って、瑠威！　って……きゃあっ」

（あ、あれは巫女姫殿の声じゃの……うん、どうした？）

耀姫が考える間に、二人の決着はすでに付いていた。

試合場を見てみれば、そこに残っているのは李安ばかりで、瑠威の姿はなく、審判は李安に勝ちの判定を上げている。

「なんじゃ？　なんじゃ？」

瑠威はいったいどこに行ってしまったのかと、驚く耀姫に忠篤が妃嬪席《ひひんせき》を指して見せた。

耀姫だけは今日は特別に忠篤の隣に席が設けられていたが、他の妃嬪たちはいつものように一か所に固まって御前試合を観覧している。その最前列で、桟敷席から落ちかけた少女を抱き止める瑠威の姿があった。

「巫女姫も、しっかりしているように見えて実はかなりの情熱家だからなあ……応援に気合が入り過ぎて落ちちゃったか。まあ、それを放って試合なんかできるあいつじゃないよな……

あーあ、せっかくいい手だったのに……」

いかにも残念そうに呟《つぶや》く忠篤《ちゅうとく》の頭を、耀姫《ようき》がついに我慢ならず思い切りはたいた。

「怪我《けが》がなかったからいいようなものの、不謹慎なことを言うでないわ！」

「いてて……あ、でもあっちの情熱家もくるみたいだ。今のうちに逃げないと……」

「は？」

叩《たた》かれた頭をさすりながら、自分から離れていく忠篤の姿に耀姫が首を傾げていると、背後からいきなり腕を引かれた。

「姫様、ちょっと来てください」

痺《しび》れるような声音で囁《ささや》かれ、有無を言わせぬ力で抱き寄せられ、驚きのあまりに目を瞠《みは》る。

「……李安《りあん》？」

ほんのつい先ほどまで激しい剣戟《けんげき》を繰り広げていた李安は、まだ大きく息を弾《はず》ませながら耀姫を広場の奥の正殿《せいでん》の陰へと連れていった。

頬に微《かす》かに血が滲《にじ》んでいる様子を見て、耀姫が手を伸ばす。

「大丈夫なのか？」

「え？　ええ。かすり傷でしょう」

指先でその血を拭き取った李安は、更にそれを舌で舐《な》めた。その仕草に耀姫は少しドキリとする。

「それよりも……どう思われました？」

「え？」

「今の試合です」

「あ、ああ……」

　耀姫はまだ落ち着かない胸を抑えながら、その場に座り込んだ李安の隣に腰を下ろした。肩の上に頭を乗せると、その上に更に頭が乗ってくる。李安を誰よりも近くに感じる重さと温かさが、心地よくて嬉しかった。

「剣技はできぬなどと言っておったが謙遜だったのじゃな、そこらの武官よりよほど強いではないか。あれはいったい何を基準にしてのできぬなのじゃ？」

「ああそれは……」

　耀姫の髪を優しく撫《な》でながら、李安が溜《た》め息《いき》をついた。

「幼い頃に共に剣を学んでいた方には、未《いま》だに勝てぬままですので」

「この国にはもの凄《すご》い剣豪がおるのじゃな」

「…………姫様も良く知る方ですよ」

　それはもしやと開きかけた口を、李安に塞がれた。そのまま深い口づけになり、その場に倒れてしまいそうになる体を耀姫は必死で支える。

「そなた、時間はいいのか？　次の試合が始まるのでは？」

「次はもう準決勝戦ですので、少し時間があります。他の方たちは腹ごしらえと水分補給に行かれましたから、私には姫様を補給させてください」

「なんじゃそれは……」

耀姫《ようき》は笑いながらも、されるがままに李安《りあん》に身を任《まか》せた。蕩《とろ》けるような口づけを何度も交わしていると、次第に息が荒く体も熱くなる。これだけでは済まなくなりそうで、そんな自分が耀姫は恐《こわ》かった。

「李安っ……」

背中に手を廻《まわ》して抱きつくと、今度は首筋に唇を這《は》わされる。ゾクゾクするような感覚が脇腹の辺りをくすぐり、尚更《なおさら》強く李安に縋《すが》りついた。

「私は……巫女姫様たちを見ていたら、少し羨《うらや》ましくなりました」

「李安？」

「誰にも隠すことなく、あのように公の場でも振る舞えるように、やはりなりたいと思いました……そのために頑張ります。だからどうか、私に支援をくださいませんか？」

「もちろんじゃ、妾《わらわ》にできることならなんでも！」

言葉が終わる前に、また深々と口づけられた。そのまま李安の手が、耀姫の胸元に滑り込んでいく。

「はっ……んっ」

白昼堂々、衣を脱がされそうになり、耀姫は拒んだが、力では敵うはずもない。白い肩を曝《さら》け出され、羞恥に頬が赤らむ。

「李安っ……このようなところでっ……」

肩口に唇を押し当てながら、李安が耀姫を更に物陰に引き込んだ。広場とは壁を一枚隔てた場所であり、精緻な彫刻が施された石彫の裏側でもあり、もし偶然誰かが通りかかったとしても見咎《とが》められることはまずない。

「大丈夫です。姫様さえ大きな声をお出しにならなかったら」

それが一番問題なのだと答えることもままならなかった。露《あら》わになった胸の谷間に唇が落ちていく感触に、甘い声をあげないように必死に唇を噛《か》む。

「あっ……う……ん」

声を堪えようとすれば尚更、感覚の方が敏感になるようだった。

「あっ、や……ダメっ」

襟の合わせ目から強引に引っ張り出された胸の膨らみが、下からと横からと同時に押し上げられ、首のすぐ真下で二つ仲良く並ぶ。迷うことなくそれに手と唇を這わせる李安の行為に、耀姫は大きく肌を戦慄《わなな》かせて喘《あえ》いだ。

「あんっ、あ」

後ろ手に体を支えていることさえ辛いのに、玉砂利の敷き詰められた庭院《なかにわ》の片隅とあっては、体を横たえることもままならない。押し倒さんばかりの勢いで与えられる愛撫《あいぶ》を、耀姫《ようき》は必死に自分で体を支えながら受け続けた。

「あっ、ああっ！」

強く摑《つか》まれた胸の膨らみが李安《りあん》の手の中で歪《いびつ》に形を変え、固く尖《とが》ったその先端に舌が這わされる。淫猥《いんわい》なその光景まで、目を逸らすこともできず、否応《いやおう》なく視線の先に見せつけられる。

「ややあっ、あっ、ああん」

我を忘れて嬌声《きょうせい》を上げ、その場に横たわってしまいたかった。しかしそうすることをあえて、淫らな舌遣いで諫《いさ》められる。

「しっ、姫様。静かにしてください。それから体も倒されないように。髷《まげ》と衣《ころも》がこれ以上乱れては、私では戻せなくなりますので」

「しかし……」

ならばもう止めればいいのではないかという主張は、おそらく聞き届けられることはない。李安は耀姫の長裙《ちょうくん》と共に内衣《うちごろも》の裾まではだけ、素肌の脚に手を這わせていく。

「だ、ダメじゃ……や、あっ」

息つく間もなく足の付け根まで到達した手は、迷うことなく濡《ぬ》れた秘所に触れてくる。口づけと胸への愛撫で、すでに太腿《ふともも》までをぐっしょりと濡らしていた耀姫は、あまりの恥ずかしさに首をうちふった。

「やっ、あん、やあっ！」

脚を閉じてそれ以上触れられるのを避けようとしても、膝頭を持って左右に大きく開かれる。腕で自らの体を支えている耀姫には、それ以上抵抗する術《すべ》がなかった。

「大丈夫ですよ。すぐに済みます」

「な、何が……ぁ？」

答えを待つこともままならない。秘裂の中に押し込まれた指に、少し乱暴なほどに蜜壺《みつつぼ》の中をかき混ぜられる。

「やっあっ、あああっあ」

我を忘れて声をあげる耀姫の唇を奪い、李安がなおも指を深くした。

「う……ううんっ……う」

体の奥深くを探られる感覚に、耀姫が全身を震わせても、李安の指技は一向に終わらない。引き抜かれ、再び押し込められる度に、じゅぶっじゅぶっと耳を塞ぎたくなるような水音が耳を打つ。襞《ひだ》を擦《こす》られ奥を抉《えぐ》られる快感に耐え切れず、耀姫の蜜壺が大きな収縮を始めた時、無情にもその手は引き抜かれた。

「んっ……」

突然の虚脱感に、耀姫が呆然《ぼうぜん》と瞳を瞠《みは》ったのも束《つか》の間《ま》、すぐに指よりももっと太くて固いものに、奥の奥まで串刺しにされる。

「んんんっ、ううっ？　んんうっ！」

挿入された瞬間に極めた衝撃で、耀姫《ようき》がガクガクと体を揺らしても、塞がれた唇も蜜口も解放されることはない。しばらくぴったりと塞がれたまま、耀姫が快感の波から帰ってくる時を、李安《りあん》は身じろぎもしないで待っている。

「んっ……んんっ」

力なく背中を叩《たた》く手に、ようやく唇だけは解放してもらえたが、繋《つな》がった体はそのままで、ビクビクと痙攣《けいれん》を続ける耀姫の蜜壺が、はち切れんばかりに張り詰めた李安のものを切ないほどに締め付ける。

「な……ぜ……？」

このような時にこのような場所でこのような行為に及んだのか。そのくせ強引に耀姫の中に押し入ったならば、そのままこうして動きもしないでただじっとしているのか。

全てに納得がいかず、問いかけた耀姫の頬に、李安がそっと唇を寄せた。

「ここで思いのままに姫様の体を貪《むさぼ》っては、この後の試合に力を残せませんので」

「確かに……」

頭の中では納得しながらも、袴《こ》の一部だけをくつろげた李安に抱き上げられ、その上に腰を落とすように座らされれば、結合がより深く今までと違った角度になり、耀姫は悩ましげな声をあげずにはいられない。

「しかし……んっ……このようなことをしても、そなたの支援になるとは思えぬのだが……あんっ」

臀部《でんぶ》の肉を摑んで李安《りあん》の上で自在に腰を揺らされ、耀姫《ようき》は泣きそうな声をあげた。

「そのようなことはありません。大いに鼓舞されておりますよ」

前のめりになった耀姫の胸に唇を這わせ、上からも下からも存分にその柔らかな肉体を堪能しながら、李安は嬉しげに語る。

「ここに必ずや帰ってこようという思いで戦ってきますので」

「う……うんっ……ぁ」

ゆっくりと腰を持ち上げられ、そこからまた李安の上に下ろされ、そうすることで自然と体内に導き入れてしまう熱いものの感触に身を震わせながら、耀姫は頷いた。

「姫様の隣に、強いて言うならあなたの中に、戻る権利を必ずや勝ち得てきますので」

「わかった……ぁ……あんっ」

そうして緩やかに耀姫の中を行き来する動作だけを数回くり返し、李安は再び試合会場へと戻っていった。


「この短い休憩時間中に、二人でどこに消えて何をしてたんだか……ずいぶん肌艶《はだつや》がいいね、綺羅姫」

席に帰るなり忠篤《ちゅうとく》にそう尋ねられて、耀姫は思わず自分の頬を手で撫《な》でてしまった。

「そ、そうか？　何も変化はないと思うぞ、何もないのでな、うん」

あちらこちらと視線を彷徨《さまよ》わせずにいられないのだから、上手《うま》く誤魔化《ごまか》せたとは到底思えない。けれど忠篤は、それ以上訊《たず》ねてくるようなことはしなかった。

会場にはすでに、先ほどまでと同じくらいの数の見物人が帰ってきている。しかしこれからそこで試合を行うはずの人間が足りない。李安と二人の武官はすでに試合場に並んでいたが、他に後もう一人の姿がなかった。

「どうしたのじゃろう？」

御前試合の責任者である夏官長《かかんちょう》が右往左往する中、耀姫の隣でやおら忠篤が立ち上がる。

「それじゃあ、そろそろ私も行くとするか、このままじゃいつまでも試合が始まらないんで」

「え？　ええっ？」

驚く耀姫をしり目に、忠篤は豪奢《ごうしゃ》な竜袍《りゅうほう》を脱ぎ、李安らと変わらぬ軽装になった。颯爽《さっそう》と試合場に下りていく姿を、大方の武官たちは目を剥《む》いて見つめているが、李安ばかりは大きな溜《た》め息で迎える。予《あらかじ》め予想していたとでも言いたげな、いかにも不機嫌そうな顔だった。

「最後の一人はこの私だよ。準決勝戦までいったら一人足りなくなるって、途中で気付かなかったのか？　相変わらず夏官長は頭の中まで筋肉だな」

着々と試合の準備を始めながら、忠篤《ちゅうとく》がからかうようにかけた言葉に、武官の幾人かは声を殺しきれずに笑ってしまった。その部下たちを、一目で震え上がらせるような視線で睨《にら》みながら、夏官長《かかんちょう》は忠篤の前に立ち塞がる。

「しかし陛下！　剣を手にされるのはどれほどぶりですか！」

「うーん……二年……いや、三年ぶり？」

「でしたらとても、日頃から鍛錬を積んでいる武官たちとは……」

「大丈夫だよ。昔取ったなんとかでも、ここまで勝ち残れるって誰かさんが証明してくれたし」

「しかし……」

逞《たくま》しい体躯《たいく》の二人の武官の間で隠れてしまいそうな李安《りあん》と、鷹揚《おうよう》に笑っている忠篤を交互に見つめ、夏官長は渋い顔をする。

「私とあいつに剣技の基礎を叩《たた》きこんだのは、潁《えい》将軍だろ。弟子の腕が信じられないのか？」

深々とため息をつき、夏官長はその場から退いた。

「仕方ありませんね。あまり調子に乗らないでくださいよ」

「わかってる」

スラリと剣を鞘《さや》から抜いた忠篤は、その切っ先を李安に向ける。

「まさかここで負けたりはしないだろうな？　必ず勝って、私と決着を付けにこい」

忠篤の挑発に、李安は夏官長にも負けないほどのため息をつきながら、それでも眼差《まなざ》しだけはスッと強くして、主と向き合った。

「昔から私が、あなたには一度も勝ったことがないのを、お忘れですか？」

「もちろん覚えてるさ。逆に勉学では、全く歯が立たなかったこともな」

「それでは、本気で私の優勝を阻止しにこられたと見ていいのですね？」

「もちろんだ。全力で戦って勝ってこそ、欲しい物を手にする喜びもひとしおってものだろう？　お前だってそのつもりで、綺羅姫に英気を養ってもらったくせに」

「そうですね」

会場中の注目が集まる場所にいるにもかかわらず、歯《は》に衣着《きぬき》せぬばかりかかなりの大声で、そのようなやり取りを続ける二人に、耀《よう》姫《き》の怒りは瞬時に頂点に達した。

「な、何を話しておるのじゃ、そなたらはあっ！」

上席から今にも飛び降りんばかりの形相で叫ぶ耀姫の姿に、李安も忠篤も表情を緩める。

「まあ確かに、男と男が命を懸けて戦うにも値《あたい》する美貌ではあるのだがな、綺羅姫は……」

「ええ、本当に。黙って座ってさえいてくだされば」

声を潜《ひそ》めて二人が囁《ささや》き合った言葉は、耀姫にまでは聞こえず、いよいよ髪を振り乱して天女のような美姫《びき》は怒り狂う。

「今！　今、二人して妾《わらわ》の悪口を言ったであろう？　何と言ったのじゃ？　こら！　李安！

陛下も！　さっさと背を向けるでない！」

耀姫《ようき》の怒りの声は、準決勝戦開始の合図と、それを待ちに待っていた見物人たちの歓声に呑《の》み込まれた。

第八章

長い激闘の末、決勝戦に駒を進めたのは、やはり李安《りあん》と忠篤《ちゅうとく》だった。

どうなることかと固唾《かたず》を呑《の》み、勝敗の行方を案じていた耀姫は、ホッと息を吐きかけたがそうもいかない。このまま休憩も入れずに決着をつけると忠篤が言い出し、李安もそれに同意し、時を置かずして決勝戦が始まることとなった。

（何を……何を考えておるのじゃ！）

皆が制止するのも気にせず、観覧席から飛び降り、耀姫は今度こそ試合場の近くに駆け寄らずにはいられない。

人垣を掻《か》き分けて最前列に出ると、剣を交える二人の姿が間近にあった。

先ほどまでの準決勝戦で、大きく息を切らしたままの李安と忠篤が、真剣な眼差しで向き合う。どちらかが集中力を欠けば、相手に大怪我《けが》を負わせてしまうかもしれない勝負の中、二人はこれまで見たこともないような真剣な顔をしていた。

身軽さと素早さを利用して鋭く懐に切り込んでくる李安を、忠篤は大きく剣を払う動作でいなす。一見するとのらりくらりとただ李安《りあん》の攻撃をかわし続けているようにも見えるそれは、実は瞬時に攻撃にも代わり得る剣さばきだった。

見上げるほどの高さから、雷光の如き速さと激しさで打ち下ろされる斬撃を、李安はかろうじて横に飛《と》び退《の》いてかわす。

しかしそれでも切っ先がわずかにかすめたのか、滑らかな頬に赤い筋がツウッと浮かび上がるさまを、手で目を覆わずに見ていることが耀姫《ようき》にはやっとだった。

ここまで数回の試合を勝ち抜いてきた李安と、観覧席でそれを眺めていた忠篤《ちゅうとく》とでは残っている体力にもかなりの差があるのは当然なのに、それ以前にあまりに体格の差があり過ぎる。細身の李安では、忠篤の攻撃を受け流すのに精一杯で、そこからさらに攻撃へと転じていくのは不可能であるかのようにも感じられた。

それに加えて、いつも鷹揚《おうよう》に笑っている忠篤の真面目な顔。李安を負かすことに真剣に向かっている様子は、宙を切る剣の早さからも窺《うかが》える。

耀姫の目からは白刃が煌《きら》めく様が時折認識できる程度なので、それを的確に見定め、体を大きく動かしながらかわし続けている李安の妙技も、最早《もはや》神業としか思えない。

普段はあまり感情を表情に出さない李安の、歯を食いしばった顔。辛そうだと思いながらも、不覚にも胸をときめかさずにいられないのは、やはりそれが李安だからに他ならない。

凜《りん》とした眼差しも、汗が滑り落ちる横顔も、これまでにはあまり見る機会のなかった姿で、幾度となく見惚《ほ》れてしまう。試合そっちのけで李安に見入ってしまう自分を、耀姫は必死に振り払った。

（ダメじゃ！　そうではなく勝利を祈らねば！）

両手を胸の前に合わせ、固く組む。

（どうか……どうか李安を勝たせてくりゃれ）

その結果、得ることができる二人の未来よりも、今はただ純粋に李安に勝利して欲しかった。

（確か、これまで一度も勝ったことはないと言っておったの……）

李安はそれを忠篤のことだと明言はしなかったが、二人の会話を聞いているうちにおよその予想はついた。それと同時に、李安が耀姫を忠篤から譲り受ける代償として、戻ると約束したという彼の元々の身分にも。

（確か忠篤には、四つ年下の弟公子がおったのだよな。しかし母である王后《おうこう》の乱心で、忠篤以外の子供は皆殺された。公子も公女も……悲しい歴史だと、妾《わらわ》に教えてくれた時は淡々とした口調だったが、実際はどのような気持ちだったのだろう、李安……）

その悲しみを思えば、自分のことのように胸が苦しくなる。

（臣下として忠篤に仕えているということは、本当はその場所に、もう戻りたくないのではないかえ？）

それなのに彼はその地位に戻ることを決意し、今また、決して刃を交えたくはないであろう相手と真剣で戦っている。全ては耀姫《ようき》のために――。

(妾《わらわ》にはいったい何ができるのであろう……)

耀姫のためにそれほどの真心を捧《ささ》げてくれる李安《りあん》に対して、何かできることはないのだろうか。耀姫は必死に思考を廻らした。けれど何も浮かんでこない。

そろそろ動くのも辛くなってきたらしく、大きく全身で息をしながら、それでも忠篤《ちゅうとく》と激しく剣を交え合う李安の背中を、耀姫も決死の思いで見つめる。

(妾にできること……ええと……)

幸運を呼ぶ綺羅《きら》姫《ひめ》などとは称されても、実際の耀姫は不運続きで、何一つ成功したことがない不幸な少女だ。綺羅姫の名に掛けて選んだ祖国の大事でも、その選択でいい結果を招いたことなど一度もなかった。

(現に妾自身の一大事、花婿選定の儀でも、見事に失敗したしのう……)

そう考えてふと、首を傾《かし》げた。

(はて？　しかしあれは、本当に失敗だったのか？)

慧央国《けいおうこく》の記録としては、耀姫は漣捷国《れんしょうこく》の忠篤王を選んだと残るのだろうし、実際に儀式に居合わせた人々の記憶には、花毬《はなまり》を投げることができなかったと残るだろう。しかし――。

(違う……妾は確かに花毬を放ったのじゃ、そして妾の運命の相手を当てた。それも一度ならず、二度も！)

そう思い当たり、耀姫は驚愕の思いで李安の背中を見つめた。彼女の意志とは関係なく、耀姫の手を離れた花毬は必ず李安の手に渡った。それこそが、儀式や決まり事を超えた、天帝の大いなる意志ではなかったのか。幸運を呼ぶ綺羅姫として、その力が遺憾《いかん》なく発揮された瞬間だったのではないか。考えれば考えるほど、胸の奥から込み上げてくる熱いもので視界が霞《かす》んだ。

「李安……李安……！」

もうすぐにでも倒れてしまいそうに疲れ切った背中に、夢中で呼びかける。あまりに大き過ぎるので少し謹んでくださいと、惺斎《せいさい》にも明寧《めいねい》にも他ならぬ李安にも、注意され続けた声の大きさが今ばかりは有り難い。

どれほどの喧騒《けんそう》の中にあっても、李安が耳で拾ってこちらをわずかにふり向いてくれる。

「後ろは向かなくていいのじゃ！　この痴《し》れ者《もの》っ！」

よそ見をしたことで危うく忠篤の剣を受けてしまいそうになったことを叱咤《しった》し、耀姫は言葉を継いだ。

「そなたが負けるはずがない。絶対にそなたは負けぬ！　妾が選んだ男なのじゃから！」

「姫様……」

突然の叫びに、驚いたのだか呆《あき》れたのだかよくわからない李安の声が聞こえる。その表情は耀姫からは見えないが、向かい合う忠篤の顔はよく見えた。

でかわされた。

「な、何を突然言い出したの、綺羅姫《きらひめ》？」

驚く忠篤《ちゅうとく》の隙をついて李安《りあん》が懐《ふところ》へと飛び込み、渾身《こんしん》の一撃を繰り出したが、すんでのところ
「まさか私を驚かせて、その隙に李安に勝たせようという作戦？」

「違うわ、この馬鹿者っ！」

仮にもこの国の王に向かって、馬鹿者扱いをする耀姫《ようき》から距離を置こうと、周りの見物人たちが若干体を引いたが、彼女にとってそれは好都合だった。お蔭《かげ》で両手を口元に当てがって、なお一層大声を出すことができる。

「そなたは絶対に負けぬ！　よいかこの妾《わらわ》が選んだのじゃぞ！」

大威張りで胸を張る耀姫の姿を見る見物人の誰かが、ふとその尊称を口にした。

「そうか、綺羅姫様だ……」

「綺羅姫様って……あの幸運を呼ぶっていう綺羅姫？」

「そう、天佑《てんゆう》の綺羅姫だよ」

長い間ずっと、それは自分には相応《ふさわ》しくないのではないかと悩み続けた名前に、耀姫は今、背中を押される。

「これまで十八年間、溜めに溜めていた幸運をすべて使って、この綺羅姫が引き当てた相手がそなたなのじゃ！　天運が付いているそなたが、負けるわけなどなかろう！」

大威張りの声援に、忠篤は「そんな無茶苦茶《むちゃくちゃ》な」と苦笑したが、李安は静かに剣を握り直した。

「そうですね」

最上から振り下ろされた忠篤の剣に、己の剣を絡めるように動かすことで、その勢いさえ自分の力とし、忠篤の手から剣をもぎ取る。

「あ」

戦う術《すべ》を失った忠篤がそれを認識するよりも早くその懐に飛び込み、喉元に切っ先を突き付けた。王に刃を向けることは不敬となるので、李安はまたすぐに剣を地へと向け直したが、そこで勝敗が決したことは確かだった。

「勝負あり！」

審判の声にワッと湧いた見物人たちに何故《なぜ》だかもみくちゃにされ、耀姫は感激のあまりにすぐさま李安に駆け寄ることは叶《かな》わなかった。

「やったぁ！　やったのう李安！　ってなんじゃ、妾はあちらに行きたいのじゃ、こら放せっ！」

憤る耀姫の声を背後に聞きながら、大の字になってその場に寝転がった忠篤の隣で、李安は静かに膝を折った。

「なんだよ、泣くなよ」

悔しさなど微塵《みじん》も感じられない笑顔で、まっすぐに李安《りあん》を見つめる忠篤《ちゅうとく》の瞳は、遠い記憶の中、いつも自分に向けられていた慈しむような視線を思い起こさせる。

「泣いてなどおりません」

李安は頑《かたく》なに気付かないフリを通そうとしてきたが、彼はずっと守られてきたのだ。昔も今も。

「もう昔のように呼んでくれてもいいんだぞ、兄上と——。綺羅姫はお前の妃《きさき》になるのだし、お前は私の後を継いで、ゆくゆくはこの国の王になるんだから、李安」

「そこまで承諾した覚えはありません。これまで陰《かげ》からあなたを支えてきたのを、公の場でも行うために、公子の地位に戻る約束はしましたが、それ以上は断固お断りです」

「そんなこと言うなよ、李安。たった二人の兄弟なんだからさあ……」

「…………」

いくら甘えたような声を出しても、硬い表情をまったく変えない李安に対し、忠篤は違う戦法に出た。

「なんてったってお前には、天佑《てんゆう》の綺羅姫《きらひめ》がついてるんだろ？　恐《こわ》いものなしじゃないか」

「そうらしいですね」

忠篤《ちゅうとく》の思惑通り、無表情だった李安《りあん》の顔がほんの少し綻《ほころ》んだ瞬間、群衆の中からヨレヨレにになりながらその綺羅姫が抜けだしてくる。

「李安！　李安っ！」

夢中で駆け寄ってくる顔は涙と土に汚れてぐちゃぐちゃだ。それでも活《い》き活《い》きといつも美しいその表情に、つられたように李安の表情も崩れる。

「なんですか、とんでもない顔になってらっしゃいますよ、姫様」

「えっ？　そうか？」

今さらながらに恥らって、白い頬を手の甲で擦《こす》る姿を見ていると、李安はいつもからかうように言葉をかけずにはいられない。しかし今ばかりはその辛辣な言葉を呑《の》み込《こ》んで、本当の気持ちを素直に言葉にした。

「ええ。とてもお綺麗《きれい》です」

言葉を耳にした瞬間、真っ赤になって俯《うつむ》いて、それからまた恥ずかしそうに上目遣いに李安を見つめてくる顔。その表情こそ、誇張なしにこれまで見たどんな女性よりも美しい。

試合が終わったばかりの試合場の真ん中で、まだ広場中の視線を浴びていると思えばこそ、例えどのような手段を使ってでも、耀姫《ようき》のその可愛《かわい》らしい表情を他の者には見えないようにしなければと李安は思った。

「ですから、今すぐ宮《みや》に帰りましょう」

　耀姫の顔を自分の胸に押し付けるようにして抱きしめ、そのまま腕に体を抱え上げる。

「え？　えっ？」

　戸惑うばかりの耀姫を抱き締め、会場を後にしようとする刹那、背後から忠篤の声がかかった。

「あー、夜にはお前の公子復位と、綺羅姫との結婚を発表するから、それまでは二人でどこで何をしててもいいけど、忘れないで来いよ」

「はい」

　言い返したい言葉は山ほどあったが、李安は今ばかりはその全てを呑み込んだ。

「なんだ？　やけに素直だな。やっぱり綺羅姫様、様じゃないか……あーあ、やっぱり簡単に譲るなんて約束しなきゃよかった」

　あながち冗談にも思えないその言葉に、李安は厳しい目で忠篤をふり返ったが、他ならぬ耀姫が彼以外は有り得ないとばかりに強く首に抱きついてきたので、辛辣な言葉は呑み込んだ。

　その代わりに、実は真剣に失恋したのかもしれない忠篤に、決して妥協できないたった一つのことをきっぱりと伝えておく。

「先ほども言いました通り、私が姫様を誰かに譲ることは、例え何が起きても絶対にありません。それだけはくれぐれも肝に銘じておいてください、兄上」

「わ、わかった……」

迫力に気圧《けお》されたように頷《うなず》いた忠篤《ちゅうとく》が、およそ十三年ぶりに李安に兄と呼ばれたことにハッと気が付いたのは、二人の姿が広場の外に完全に見えなくなった後だった。

「やっぱりそなたは、陛下の弟だったのじゃの……」

葉霜宮《ようそうきゅう》に帰り、いつもの居室《いま》の榻《ながいす》に腰を下ろすと、耀姫《ようき》はポツリと一人ごちた。向かい合って座る李安《りあん》が、驚いたように耀姫の顔を見返す。

「まさか察してらっしゃったのですか？」

「うむ。いろいろと考え併せてみると、それしか考えられぬのうと……」

李安は感嘆したように息を吐き、愁夜《しゅうや》が用意してくれたお茶に手を伸ばした。

「驚きました。生徒としてはかなり優秀ですね、姫様は……」

一見すると嬉《うれ》しそうにも見えるが、他ならぬ李安から教えられた漣捷国《れんしょうこく》の歴史を思えば、耀姫の心境はとても笑うどころではない。

「そなたは……そのう……」

果たして訊《たず》ねていいものかと躊躇《ためら》う耀姫の様子を察し、李安は自分から口火を切ってくれる。

「生き残ったのです。兄上に助けられて。他の弟妹は皆、十三年前に亡くなったのですが……」

「そうか」

耀姫は俯かずにはいられなかった。

今でこそ平和な漣捷国《れんしょうこく》だが、先代の国王の御代《みよ》にあってはならない事件が起きた。即《すなわ》ち、第一公子であった忠篤を生んだ王后《おうこう》が乱心し、他の妃《きさき》とその子供たちを皆殺しにしたのだ。忠篤のすぐ下の妹から、生まれたばかりの第六公子まで、子供たちだけでもその数はゆうに二十人を超えたという。

「私だけ偶然兄上に助けられて、それからは兄上が必死に隠してくださって、王后様は私が生きていることを知ることもなく、心安らかにお亡くなりになりました」

「そうか……」

確か前王も王后自身も、その事件に深く傷つき、まもなくして死亡したのだったろうか。その後すぐに父王の後を継いだ忠篤は、決して晴れがましい気持ちなどではなかっただろう。彼がこれまで歩んできた人生の過酷さを重い、耀姫は今更のように息を呑《の》んだ。

「私一人だけこうして生き残って、それどころか兄上の好意で公子にも復位することになって、果たしてこれで良かったのか……」

珍しく頼りなげな李安の声に、彼もまた深く傷ついているのだと知り、耀姫は声を荒げた。

「良かったに決まっておろうが！　そなただけでも救うことができて、それで少しはあの能天気男も、きっと自分自身が救われたはずじゃ！　それにそなたがおらなんだら、妾《わらわ》は……妾は！」

　そこまで言って声を詰まらせた耀姫《ようき》の隣に、李安《りあん》が席を移動してきた。

「すみません姫様、泣かせるつもりはなかったのですが……もう昔の話ですし、私も普段は全く忘れておりますので、姫様もどうかこの話はもうお忘れください。泣かれると心が痛みます」

「な、泣いてなどおらぬわ！」

　慌てて目をこする耀姫を、李安がまじまじと近くから見つめる。

「しかしほら、そのように目が潤んで……」

「これは目にゴミが入ったのじゃ！　とにかく妾は、これまで誰にも泣いている顔は見せたことがないのじゃから、泣くはずなどないのじゃ！」

　それは単に、耀姫の強がりに過ぎない。味方の少なかった故郷で弱いところを人には見られまいと、肩ひじ張り続けた習慣の名残だったが、今ではもうその必要はない。心を許せる友人や従者に恵まれ、李安とも出会った。現にその李安には、すでに泣き顔を見られているはずなのだが、一度口にしてしまった以上、引っ込みがつかない。

「とにかく妾は、誰の前でも決して泣かぬ」

「そうですか」

　きっぱりと宣言した瞬間、李安の声が急に冷えたように耀姫は感じた。耀姫の顎を指先で摑み、己の方を向かせた李安の目が妖しげに煌めく。

「それではこれから、私がその第一号になりましょう」

「…………は？」


そっと唇を重ねられても驚きのあまり目を閉じることさえ忘れている耀姫に、李安がまた瞳を間近で見つめながら、ゆっくりとくり返す。

「先ほどの続きを、これからじっくり優しく行う予定でしたが気が変わりました。そこまでおっしゃるのでしたら、私が必ずや姫様を泣かせてみせましょう」

その決意の方向は間違っていると、耀姫が抗議する間もなく、隣の臥室《しんしつ》へと李安に連れ去られた。


御前試合を見ていた時のまま、衣さえ変えていない体はおそらく埃《ほこり》っぽく、手を這《は》わせられることさえ恥ずかしいのに、李安は体中に唇で触れていく。

「やっあぁ……あっ」

牀榻《しんだい》にうつ伏せで寝そべった背中の、背骨沿いを舌先で何度もなぞられて、耀姫は褥《ふとん》に広がる黒髪をうねらせ、大きく何度も仰《の》け反《ぞ》った。

「ああっんうっ……はあっ」

衣をすべて脱がされた肌はどこを隠すものもない。まだ明るい陽の光が、見事な透かし彫りの丸窓越から差し込む中、牀榻《しんだい》にしどけなく横たわる耀姫《ようき》の上にも、光の文様が描き出されている。

「とても綺麗ですよ、姫様」

耳に息を吹き込むようにして囁《ささや》きかけられ、耀姫はまた大きく背をしならせた。

「ああんっ、あっ！」

牀榻《しんだい》の上でうつ伏せにされたまま、長い間李安《りあん》の愛撫《あいぶ》を受けさせられた体は、最早《もはや》どこに触れられても快感にしかならないほど、全身性感帯のように成り果てている。

褥《ふとん》に押し付けられ、潰れた胸の膨らみの先端で赤く色付いた蕾《つぼみ》も、微《かす》かに開いた脚の間から、褥を濡らすほどに蜜が滴っている秘めたる部分も、早く李安の愛撫を受けたくて震えているというのに、彼は一向にそれらの部位には触れてこない。ただ執拗《しつよう》に、耀姫《ようき》の背中を唇と指先でなぞり続けていた。

「李安っ……もうっ」

全身に広がるこの疼《うず》きをどうにかしてくれという思いで、耀姫は恥ずかしささえ捨てて懇願するのに、その俯いた顔を横から覗《のぞ》き込《こ》んで確認した李安は、「まだですね」と呟《つぶや》いてまた背中に指を伸ばす。終わることがないかのように思えるそのくり返しに、耀姫の頭はすでに真っ白になりつつあった。

おそらく李安は、耀姫をこの房室《へや》に連れてくる前に言っていた、「泣かせてみせましょう」という言葉を実践しているのだ。ただ一滴涙を流して、その顔を彼に見せさえすれば、この地獄のような快楽から解放されるのに、耀姫の目は乾くばかりだ。

（泣けば……泣けばいいのに……それだけなのに……）

まったく涙の気配もない瞳とは裏腹に、下半身ならばもうしとどに濡《ぬ》れている。いつでも李安を受け入れられるほどのその潤いは、体中の水分をすべてそちらに取られているから泣けないのではと、我が体ながら耀姫が恨めしく思うほどだった。

思わず逃げるように、李安にその旨を訴える。

「李安……他の部分が濡れるから泣けぬのじゃ……」

腰を揺らしながら告げると、李安がその部分がよく見えるように、耀姫の腰を持ち上げる。

彼に向かって臀部《でんぶ》をつき出すような格好で褥《ふとん》の上で膝立ちにされ、そこにきてようやく耀姫は、自分がとんでもない間違いを犯したことに気が付いた。

「本当だ。こちらはかなり泣きじゃくっておられますね」

感嘆したように呟《つぶや》かれ、自分がすっかりその部分を李安の目の前に晒《さら》してしまってることに今更ながらに驚く。

「やあっ！」

か細い声をあげながら腰を下ろそうとしたが、がっちりと抱え上げられた腕によって、再び褥の上に横たわることを阻止される。全てを曝《さら》け出した格好で、更に大きく脚まで左右に開かされ、耀姫《ようき》は首を振って嫌がった。

「やっ、やじゃあっ！　見ないでぇっ」

「どうして？　こうしているだけでどんどん潤んでくるのに？」

ふうっと息を吹きかけられれば、存分に濡《ぬ》れそぼった部分にその感触が冷たく、耀姫は息を荒げる。

「だめっ、ダメぇっ……見ちゃ、やぁ……！」

「触れるのならばいいのですか？」

熱く潤んだ部分に何の前置きもなく指を伸ばされ、その強烈な快感に、耀姫は首を振って啼《な》いた。

「あんっ、ああんっ……ダメえっ！」

「何をしても姫様はダメばかりですね。でもこちらの方は嬉しそうですよ。ほら、大喜びで私の指をもっと奥まで引きこもうとする」

「やっ、ああっ、あああんっっ！」

ヌプヌプと柔肉の間で指を抜き差しされれば、熱い蜜がどんどん溢《あふ》れ出《だ》し、それが脚を伝って流れ落ちていく感触にさえも、耀姫は髪を乱して感じる。

「だめぇ、ダメっえ、もうやあっ……うう」

声はかなりの艶を帯び、声音だけ聞くならば耀姫はとうに涙に濡れているはずなのに、その肝心の涙だけが、いつまで経《た》っても出てこない。そのため李安《りあん》は耀姫の懇願《こんがん》に従ってその行為を止めるどころか、いよいよ指の動きを早くしていく。

「やっ、やんっ……んんっ、ん、あああっ！　あぁ……っ！」

耀姫がはしたなく大きな声を上げながら、頬を褥《ふとん》に押し付ければ尚更《なおさら》、下半身の方は李安の目の前に持ち上がる。無防備に曝け出された蜜壺《みつつぼ》を縦横無尽に貫かれながら、耀姫は頂点に達した。

「あああっ！　あっ、アアッ――ん！」

ガクガクと腰を揺らしながら、脚の力が抜けてそのまま褥に崩れ落ちようとする耀姫の腰を、李安が両手で摑《つか》み元の位置まで引き上げた。

「仕方がありませんね。じゃあこのままいきますよ」

「ん？　……ううんっ……ああっ！」

快感の名残りにまだ激しくヒクつく肉襞《にくひだ》を、熱い楔《くさび》で抉《えぐ》られる。自然に逃げようとする腰を背後から摑まれ、力任せに引き戻され、より一層奥へと熱く硬い物が耀姫の体内を進んだ。

「李安っ……りあ……」

いきなりこのような格好で挿入されたことを怒りたいのに、顔さえ見えない。四《よ》つん這《ば》いになった格好で後ろから突かれる行為は、触れあっているのがほぼ繋《つな》がっている部分だけのため、征服されているような感覚ばかりがあまりに大きい。

無理に首を捻《ひね》って背後をふり返ると、自分の上に圧し掛かっている李安《りあん》の体ばかりが見え、恐《こわ》くて泣きたいような気持ちになった。それでもやはり涙は出ない。

「りあ……ん、李安っ」

気持ちだけは泣きながら名前を呼ぶと、背中に上半身を重ねるようにして背後から抱き締められた。

「なんですか、姫様」

その温《ぬく》もりにホッと息を吐く間にも、それまでよりは浅い挿入になった李安が、いつもと違う部分に向かって律動をくり返す。

「あっ、ああっ?」

これまで突かれたことのなかった部分を刺激され、耀姫《ようき》が上擦った声を発したのを、李安は聞き逃さなかった。

「姫様、ここが悦《い》いのですか?」

探るように強めにそこを押されると、出すつもりもない声が耀姫の喉をついて出てくる。

「うっ……ふんっう……ん」

後ろから手を廻《まわ》した李安のてのひらに、胸の膨らみをすくい上げられ、先端の蕾を刺激するように弄《いじ》られながら突かれれば、尚更もうどうしようもなかった。

「あっ？　ああっ！　やあっ……あっ、あ」

一度に与えられる刺激に耐え切れず、耀姫《ようき》の体が倒れそうなる。それさえ背後から圧し掛かった李安《りあん》の体で支えられて元に戻され、耀姫は決して自由にしてはもらえない。

「やっああっ、もう、もうっ、おかしくなってしまうっ！」

激しく首を振りながら、李安の手の中で胸の蕾《つぼみ》を固くし、咥《くわ》え込んだ熱い楔を蜜壺でぎゅうぎゅうと締め付けつつ、泣き出しそうな悲鳴をあげる。その声に合わせて、李安が腰の動きをいよいよ速め、耀姫の肉壁は彼女の意志を無視して、再び激しい収縮を始めた。

「あっ、ああっ！　あんっアアー――ッぁ！」

大きな声で叫んだ耀姫がビクビクと肉壺《にくつぼ》を痙攣《けいれん》させるのと同じに、李安も耀姫の上にピタリと体を重ね、彼女の最奥《さいおう》に熱い飛沫《しぶき》を迸《ほとばし》らせる。

その感触さえ快感になってしまい、耀姫はまた一際大きな嬌声《きょうせい》を上げた。

「ああっ、ああんっ、熱い……っ！」

今度こそ力を失って倒れる体を、李安はもう無理に引き起こそうとはしなかった。褥《ふとん》の上で横倒しになり、ハアハアと大きな息を吐いている耀姫の顔を、李安がまた覗《のぞ》き込《こ》む。

「まだ泣いておられないのですか？　本当に強情ですね。でしたらまだ終わりにはできません」

後ろから胸の膨らみを鷲掴《わしづか》みにされ、耀姫が悲鳴を上げた。

「無理！　もう無理じゃっ！　許してくりゃれ……っ」

「いくら口でそのように言われても、こちらの方は悦《よろこ》んでおられますし……実際に涙を目にするまでは、止めるわけにはいきません」

「そんなぁ……あぁっ」

胸を刺激される感覚と、濡れそぼった蜜壺に再び熱い物を挿入される快感に、すぐに思考の全て持っていかれる耀姫には、李安の口調が笑い混じりだということさえ、まだまだ気付けそうにはなかった。

庭院《なかにわ》の木々に、数年ぶりに蕾がつき始め、花咲く時が待ち遠しい時節になったある日の午後。

愁夜《しゅうや》の新作の焼き菓子を手土産に持った耀姫は、杏珠《あんじゅ》の居室《いま》を訪れ、その入り口で思わず立ち竦《すく》んだ。

「どうじゃ巫女姫殿、久しぶりの宮城《きゅうじょう》は？　あちらと違い季節の移り変わりも目まぐるしいであろう……って、え？」

しばらく瑠威《りゅうい》と共に天界に行っていた杏珠が帰ってきたと聞いて、真っ先に駆けつけたつもりだったのに、この出遅れた感はなんなのだろう。杏珠付きの宮女《きゅうじょ》たちはともかく、ほんのつい先ほどまで一緒に居たはずの李安《りあん》にも、それに何故《なぜ》かそこに居る忠篤《ちゅうとく》にも、完全に後れを取っている。呆然《ぼうぜん》としながらも、居室の中にいる人間に順番に目を向けている耀姫《ようき》を、こっちこっちと忠篤が手招いた。

「ここ、ここ！　綺羅姫は私の隣！」

ふざけた主張に耀姫が怒りの声を上げるよりも早く、李安が忠篤に冷たい一瞥《いちべつ》をくれた。

「兄上」

冷たい声音は、無関係である耀姫の背筋さえ凍らせるほど芯から冷え切っているのに、忠篤にはそれすら嬉しいらしい。李安に『兄』と呼ばれる喜びに、終始頬を緩ませている。

「姫様」

李安に呼ばれ、その隣へと、耀姫は当然のように歩を進めた。表情はほとんど変わることがないながら、忠篤を見ていた時とは明らかに違う温度で、瞳だけで優しく笑まれ、耀姫も自然と微笑《ほほえ》み返す。

「どうかしましたか？」

「なんでも、なんでもないのじゃ」

表情に乏しい李安の感情を、そのわずかな変化だけでこうも正確に読み取れるのは、自分を置いて他にはいないと自負する。それこそが耀姫にとって一番の誇りであり、幸せだった。

「瑠威《りゅうい》様が今度、特別に我々を天界に招待してくださるそうですよ」

「本当か！」

顔を輝かせた耀姫を見れば、李安の顔も柔らかくなる。その変化が耀姫にはたまらない。

「え？　私も？　私も？」

便乗しようとする忠篤には、杏珠《あんじゅ》の背後に控えた瑠威が、情け容赦のない言葉を返した。

「そんなはずがないだろう。他の誰を連れていったとしてもお前だけは絶対に連れていかない」

「ひっどいなあ……いいよ。私はここで一人寂しく留守番するから」

拗《す》ねたように榻《ながいす》の上で膝を抱える忠篤の姿に、耀姫は声を出して笑い、それから再び李安の横顔へと視線を戻した。

「それではいつ、天界に行くことにいたしましょうね」

何事にも淡白な李安が、こうまであからさまに嬉《うれ》しそうな様子を見せていることが珍しい。耀姫は皆の話もそっちのけで、李安の顔ばかり見ていた。

「いつでもいいことはいいんだが、そうだな……あちらとこちらでは時間の流れ方が少し違うので、そのことにだけは注意してもらえれば……」

「あちらでのんびりしていると、こちらでは時間が経《た》ち過ぎてしまうということですか？」

「そうよ」

李安《りあん》の問いかけに返事をしたのは瑠威《りゅうい》ではなく杏珠《あんじゅ》だった。

「私もそれで、うっかり大切な祭事を逃してしまいそうになったことがあるから……あっ、でも実際には、瑠威のお蔭《かげ》でちゃんと間に合ったけど……ありがとう瑠威」

「ああ、杏珠」

仲のいい二人の様子を見ていると羨《うらや》ましくなり、耀姫《ようき》は少し李安に体を寄せる。李安《りあん》も抗《あらが》うことなく隣に寄り添ってくれるので、同じ気持ちなのだろうと嬉《うれ》しくなる。

「それでいったいどうやって、あちらに行かれるのですか？」

李安の問いかけに杏珠と瑠威は顔を見合わせ、杏珠が李安に向かって頷《うなず》いた。

「驚くかもしれないけど、神泉《しんせん》の中を通っていくの」

「神泉の中を？」

「そう。泉の中を抜けていくの。底まで沈んで、呼吸さえ上手《うま》くできなくて、通るたびに一度死んだような気分になるから、初めのうちはまったく慣れなかったけれど、今ではだいぶ平気になったわ。綺羅姫様は水は大丈夫ですか？」

杏珠に尋ねられ、耀姫は首を傾《かし》げながらも頷いた。

「うむ。さすがに泉の底まで潜《もぐ》ったことはないが、泳ぐ程度なら……だから多分、大丈夫であろう。李安、そなたは？」

耀姫に問いかけられた李安は、力なく首を横に振った。

「以前も申し上げました通り、水は苦手です。潜るなんてしたら、今度こそ死んでしまいそうな気がして……ひょっとしたら私だけ溺れるかもしれません」

先ほどまでの嬉しげな様子はどこへやら、表情を曇《くも》らせる李安の様子を目にして、耀姫はある可能性に思い当たった。

「李安そなた……ひょっとして水で命を失いかけたことがあるのか？　ひょっとして、そのう……例の十三年前とか……？」

「よくわかりましたね」

李安は驚いたように耀姫の顔を見た。

「いかにも私はあの時、体に重石《おもし》をつけられて、泉の底へと沈められたのです。幸い大事に至る前に、兄上が見つけて救い出してくださったのですが……兄上とてあの時はまだ十歳の子供で、よく二人共に助かったものだと、後になって何度も思いました」

「あ、それは、確かに私もそう思った」

軽い調子で同意する忠篤《ちゅうとく》に、李安が今ばかりはしっかりと頷き返す。李安が忠篤に根気強く従っている理由は、彼が兄だからというだけではなく、我が身も顧みずに自らの命を救ってくれた恩人だからでもあるのかもしれない。そう思い、耀姫は二人の絆《きずな》に眩《まぶ》しく目を細めた。

「それじゃあ、泉に潜るのは無理かしらね……」

残念そうに眉を曇らせる杏珠の隣から、瑠威が驚いたように顔を出す。

「それでは李安《りあん》が、あの時忠篤《ちゅうとく》と一緒に神泉に落ちた子供？」

問いかけられた質問に、今度は李安の方が驚いた顔をする番だった。

「あの時って……神泉って……？」

瑠威《りゅうい》は瑠璃色の瞳を数回瞬かせてから、李安に向かって力強く頷いた。

「十三年前に君たちが落ちたのは、神泉だよ。そしてあろうことか、その境界を越えて、あちらの世界にまでひょっこりと顔を出したんだ」

「そんな……！」

俄《にわ》かには信じられない話を耳にし、李安の体が緊張に強張《こわば》る。それは隣にかけている耀姫《ようき》にもよくわかったので、すぐに手を握りしめた。

「姫様？」

気が付いた李安が問うように呼びかけてきたので、何も言葉は返さず、耀姫はただ繋《つな》いだ手に力を込める。その代わりに、瑠威に向かい問いかけた。

「そのようなことが、よくあるのか？」

「否、普通には有り得ない。神仙が共に居るのでなければ、普通の人間が急に泉を越えることなど、決してない。だから、それは驚いたんだけど……その理由はすぐにわかった。忠篤《ちゅうとく》たちの周りには、小さな煌《きら》めきが彼らを守るように飛んでいたんだ。いわゆる神の加護が、何らかの事情で特別に付与されたのだろう……いったいどうやってと長く疑問に思っていたけど、君と出会ってようやくあれが何だったのかが得心できた。綺羅姫……あの光は、君だね」

「は？　妾《わらわ》？」

思いがけない話に、耀姫は大きく首を傾《かし》げた。

「そう。神の加護を寄与する天佑《てんゆう》の綺羅姫《きらひめ》。まだ出会ってさえいなかった君の大切な人を救うために、遥《はる》かな場所を跨《また》いで神泉を抜けたの？　それほどの天運を一度に使ってしまったのでは、それからの数年間はかえって、ずっと幸運などとは無縁だったのではない？」

「妾は……」

瑠威の話に耳を傾けながら、耀姫は奇妙な感覚に身を委《ゆだ》ねていた。

気持ちが沈んだ時に、必ず見る夢――薄闇の中で小さな光を必死に追いかけるあの夢が、不思議と今耳にしたばかりの瑠威の話と重なる。

体が自由にならない中で、必死にもがき手を伸ばし、夢中で捕まえた小さな光。それが瑠威の言うとおり、耀姫が綺羅姫としての幸運を全て掛けて、李安と忠篤を助けた瞬間だったのだとしたら――。記憶にさえ残っていないその時のことを、無意識のうちに夢の中で何度も反芻《はんすう》していたのだとしたら――こんなに嬉《うれ》しいことはない。

耀姫は長い睫毛《まつげ》を伏せ、ゆっくりと息を吐いた。長く彼女の心を苦しめていた悩みから、ようやく解放された気持ちだった。

「妾は……綺羅姫とは名ばかりの出来損ないで、不幸ばかりを呼ぶ自分の性質が本当にいやじやった……けれどそれが、瑠威殿の言うとおりの理由からだったのなら、もう厭《いと》わない」

涙混じりにようやく言葉を出すと、李安《りあん》と繋いだままだった手に、力が込められた。

「そうですね。それでもお礼だけは言わせてください、姫様。私と兄上を救ってくださって本当にありがとう」

いつもは尊大な態度を取ることの多い李安に、癖のない髪をサラリと揺らして頭を下げられ、耀姫《ようき》は大いに焦る。

「や、いや、そなたが居なくては、妾こそまた更に不幸を呼び込んでしまうのじゃから、かえってありがとうと言うか……傍に居てくれて嬉しいと言うか……」

頬を真っ赤に染めて、李安の頭を胸に抱き締める耀姫の姿に、忠篤《ちゅうとく》が深々と溜《た》め息《いき》を吐いた。

「あー、姫に助けられた条件は一緒なのに、どうして私だけ寂しい身の上なんだろ。やっぱり簡単に李安に譲るなんて、安請け合いするんじゃなかった……」

口を尖《とが》らす忠篤に、耀姫の胸に顔を埋めたまま、李安がすっと冷たい視線を向ける。

「まだそのようなことを仰《おっしゃ》っているのですか、兄上。条件は同じと言っても、この場合は兄上は完全に私のおまけ、単なる付属品です」

「付属品って、お前……」

抱き締めてくれていた耀姫の腕を潜《くぐ》り抜《ぬ》け、今度は逆に李安がその頭を胸に抱き込む。まるで耀姫を誰かに譲るようなことは、決して有り得ないと体現するかのように。

「姫様は全て私のものですから、この際、横恋慕はもうきっぱりとおやめください。この髪もこの頬も、全て私のものです」

言いながら少し冷たい指先が体をなぞる感覚に、耀姫はぞくっと身震いする。

「この唇も、この首筋も、この肩も……」

皆の目があるにもかかわらず、次第に下がっていくその動きに、耀姫は次第に不安を募《つの》らせる。

「り……李安？」

呼びかけてみても、彼はその危なげな発言も行為も、止めようとはしない。

「この腕も、この手も……」

これ以上放っておいては、とても第三者には聞かせることができないような箇所まで、自分のものであると発言し、実際に指を伸ばしてしまうと思い、耀姫は慌てて李安の口を両手で塞いだ。

その手首を事もなげに捕まえ、李安はそのまま耀姫に口づけてしまう。

「冗談です。これ以上他人に聞かせるわけないでしょう？　どうせ聞かせるのならば姫様にだけ、牀榻《しんだい》の上で組み敷いて、耳元でそっと囁きます」

妖しげな微笑を向けられ、息をふうっと耳に吹きかけられ、耀姫は声を大にして叫んだ。

「李安！　この痴《し》れ者《もの》っ！」

葉霜宮《ようそうきゅう》の綺羅姫と、かつてその教育係であった従者は、互いの立場が変わり正式な夫婦となった今も、その関係性はまったく変わらない。感情豊かに激昂《げっこう》する耀姫《ようき》を、実は彼女以上に情熱を内に秘めた李安《りあん》が、今日も素知らぬ顔でいなす。

「まあまあそんなに怒らないで……綺麗《きれい》な顔が台無しですよ、私の綺羅姫」

彼女が真っ赤になって俯《うつむ》くことを知っているが故の強気な言葉。焦る自分を見つめて、彼が表情を微《かす》かに緩めることを知っている耀姫もまた、李安同様確信犯なのかもしれない。

「李安っ！」

「はははっ」

温かな陽光に彩られた穏やかな日々が、これまで決して平坦《へいたん》な人生を歩んではこなかった二人に、ようやく安息の幸せを与えようとしていた。

『自分が幸福であるが故に、周りにも否応《いやおう》なく幸せをもたらす天佑《てんゆう》の綺羅姫《きらひめ》は、心の全てを委《ゆだ》ねられる相手が隣に居てこそ、その力を遺憾なく発揮した』

――歴史書にもそう明記されるのは、この幸せな春から数十年が経過した後のことである。

あとがき

はじめましての方も、またお会いしましたねの方も、こんにちは。芹名りせです。

このたびは、『天佑の綺羅姫』を手に取っていただき、まことにありがとうございます。

中華風世界を舞台にした本書は、以前に書かせていただいた『神泉の巫女姫』のスピンオフとなっております。と言っても主人公カップルは違いますので、前作をご存じない方でも、なんの問題もなくお読みいただけます。

しかし、お互いにちょっとずつ顔を出してもいますので、併せて読んでいただくと、なお楽しめるかと思います。まだお手元にお持ちでない方は、これを機会に、『神泉の巫女姫』もぜひご贔屓に！（笑）

さて、『神泉の巫女姫』ですがはら先生が描いてくださった李安と耀姫を見た瞬間に、私の頭の中で一気に出来上がったこの物語ですが、楽しんでいただけましたでしょうか？

思い込みで暴走する耀姫と、涼しい顔で嫌味を言う李安は、一見するとそうは見えないながらも、実は常にいちゃいちゃしているので、書いていてとても楽しかったです。（ええ。それはもう、調子に乗って増えすぎたページを、どうやって減らすかに苦労するくらい……笑）

楽しい中にも、二人のお互いを想う気持ちが、うまく書けているといいなと思います。

しかし耀姫は、絶世の美女という設定であるにもかかわらず、当初、色っぽさが足りないと担当様から突っ込みを受けました。しかもその救済策が「ここは李安にもう少し頑張ってもらって」って……どれだけですか、姫様！（笑）

最終的にはやはり李安が頑張って（笑）、すがはら先生の見事なイラストを見ていただいてもわかるように、かなり色気のある物語になってくれたと思います。ぜひ、皆さまのご感想をお待ちしております！

今回も、前回に引き続き素敵なイラストを付けて下さったすがはら先生、お忙しい中、ありがとうございました！　私の頭の中だけにあった物語が、こうして形になったことには感謝してもしきれません。先生のおかげです。本当にありがとうございます。

お世話になりっぱなしの担当様、編集部、出版社の皆様、この本を作り上げるのに携わって下さったその他の皆さまも、本当にありがとうございます。そしてこの本を手に取って下さったあなた。楽しんでいただけたなら幸いです！　ありがとうございました。またお会いいたしましょう。

芹名りせ

ジュリエット文庫

JL-024

天佑の綺羅姫

芹名りせ ©SERINA Rise 2013

2013年3月15日　初版発行

発行人　折原圭作

編集所　株式会社CLAP

発　行　インフォレストパブリッシング株式会社
〒102-0083　東京都千代田区麹町3-5 麹町シルクビル

発　売　インフォレスト株式会社
〒102-0083　東京都千代田区麹町3-5 麹町シルクビル
http://infor.co.jp/
TEL 03-5210-3207（営業部）

デザイン　antenna

印刷所　中央精版印刷株式会社

●定価は定価はカバーに表示してあります。
●乱丁・落丁本は小社宛にお送り下さい。送料は小社負担でお取り替えいたします。
●本書の無断転載・複製・上映・放送を禁じます。
●購入者以外の第三者による本書の電子データ化および電子書籍化はいかなる場合も禁じます。また、本書電子データの配布および販売は購入者本人であっても禁じます。

ISBN978-4-8006-2004-0　Printed in JAPAN
この作品はフィクションです。実在の人物・団体・事件などには関係ありません。

芹名りせ先生・すがはらりゅう先生（イラスト）へのファンレターはこちらへ
〒102-0083 東京都千代田区麹町3-5麹町シルクビル5F
インフォレストパブリッシング株式会社　ジュリエット文庫編集部
芹名りせ先生・すがはらりゅう先生　宛

乙女は神に抱かれる

伝説の巫女姫に選ばれた杏珠は、男子禁制の後宮にある神泉で、神秘的な美しさの青年・瑠威と出会う。生きるためには女性からの「気」が必要だという瑠威。杏珠は自分の気を捧げようと申し出るが、それは思う以上に恥ずかしい行為だった。衣を剥ぎ取られ、優しく、激しく愛されて享受する極上の快楽。しかし、乙女でなくなれば杏珠は巫女姫ではいられなくなってしまう。決断は——!?

好評発売中!

ジュリエット文庫
Juliet Label
眠れる王子と約束の姫
Novel 芹名りせ
Illustration 天野ちぎり
待っていたよ、ぼくだけの姫君
アンドリュー王子に《いつでもどこでも口づける許可》を求められた伯爵令嬢シャーロット。慣れない城での生活、頼れるのは彼の優しさだけ。何度も唇を重ねるうちにそれが契約であることを忘れ、彼に恋してしまう。「このまま私の部屋へ連れていってもいい?」初めて受ける優しい愛撫に情熱的なキス。身体を重ね、心を重ねながらもよぎる不安。どうして彼は私に『好き』とは言ってくれないの――?
好評発売中!

Juliet Label
ジュリエット文庫
ピアノ姫は蜜夜に喘ぐ
公爵と買われた花嫁
Novel 斎王ことり
Illustration すがはらりゅう
さあおいで、私のピアノ。
メイド、または愛人、そして花嫁——。莫大な借金と引換に、
青ひげ公とも噂される公爵に買われたフローリアの運命は？
好評発売中！